발렌 판타지 장편소설

FANTASY STORY & ADVENTURE

마법군주
인 칼리스타

In Kallista

12

dream
books
드림북스

마법군주 12(완결) 마법군주

초판 1쇄 인쇄 / 2014년 2월 5일
초판 1쇄 발행 / 2014년 2월 12일

지은이 / 발렌

발행인 / 오영배
책임편집 / 편집부
펴낸 곳 / (주)삼양출판사 · 드림북스

주소 / 서울특별시 강북구 솔샘로67길 92
대표 전화 / 02-980-2112 팩스 / 02-983-0660
편집부 전화 / 02-980-2116 팩스 / 02-983-8201
블로그 / blog.naver.com/dreambookss

등록번호 / 제9-00046호
등록일자 / 1999년 3월 11일

ⓒ 발렌, 2014

값 8,000원

ISBN 978-89-542-4314-8 (04810) / ISBN 978-89-542-3334-7 (세트)

* 지은이와 협의하에 인지는 생략합니다.
* 잘못된 책은 구입한 곳에서 바꾸어 드립니다.

이 도서의 국립중앙도서관 출판시도서목록(CIP)은 서지정보유통지원시스홈페이지(http://
seoji.nl.go.kr)와 국가자료공동목록시스템(http://www.nl.go.kr/kolisnet)에서 이용하실 수
있습니다. (CIP제어번호: 2014003347)

마법군주

인 칼리스타

발렌 판타지 장편소설

FANTASY STORY & ADVENTURE

In Kallista

12

마법군주

dream
books
드림북스

제1화

당돌한 청혼

"싫어, 싫어! 안 갈 거야!"

알록달록 아기자기하게 꾸며진 방 안.

한 아이의 앙칼진 음성이 두터운 문을 넘어 복도까지 울려 퍼졌다. 아이는 무엇이 그리도 불만인지 울상인 채 고개를 심하게 젓고 있었고, 그런 아이를 어른 셋이 곤란하다는 듯 바라보고 있었다.

셋 중 가장 나이가 많은 듯한 여인이 타이르듯 말했다.

"멜로디 공주님, 이러지 않기로 어젯밤 저와 약속하셨잖아요. 새끼손가락까지 걸으셨으면서 벌써 잊으신 거예요?"

"프리아야말로 잊은 거 아니야? 난 그 드레스 정말 입기 싫다니까!"

"이 드레스의 어디가 어때서요? 요즘 황도에서 가장 핫하다는 디자이너가 공주님을 위해서 특별히 준비한 작품이라고요. 다들 소문을 듣고 얼마나 기대를 하고 있는데요!"

"그런 치렁치렁한 드레스가 뭐가 예쁘다고 기대를 해? 다들 눈이 삔 거 아니야?"

"공주님, 요새는 이런 디자인이 유행이에요. 어디든 가 보세요. 전부 다 이런 모양이라니까요."

"날 위해 특별히 준비한 디자인이라면서?"

"제 말씀은 스타일이 그렇다고요. 이 드레스야 당연히 공주님을 위해서 특별히 제작했죠. 이것 보세요. 공주님 이니셜까지 수놓아져 있잖아요."

프리아가 드레스 안쪽을 뒤집어 보여 주었지만, 멜로디는 눈길 하나 안 줬다.

"됐어! 하여튼 난 싫어! 난 정말이지 태어나서 그렇게 레이스가 많이 달린 드레스는 처음 봤어. 그걸 입고 무도회에 참석하면 친구들이 다 같이 놀려댈 거야!"

태어나신 지 고작 5년밖에 안 되셨잖아요.

맨날 화만 내셔서 남은 친구도 이제 없으시잖아요.

등등의 많은 말이 떠올랐지만 프리아는 다 참고 다정스

레 말을 건넸다.

"멜로디 공주님, 공주님께서 이 드레스를 입었다고 놀릴 친구분들은 아무도 없을 거예요. 공주님이 드레스를 입으면 얼마나 예쁘신데요. 다들 반해서 눈도 떼지 못할 걸요?"

"거짓말. 여태 나보고 예쁘다고 한 애들 한 명도 없거든? 날 예쁘다고 하는 건 아빠한테 잘 보이고 싶은 귀족들뿐이라고."

그거야 공주님이 매번 흙투성이, 땀투성이 얼굴로 뛰어다니시니까 그렇죠. 언제 친구분들과 얌전히 노신 적 있으세요?

아무리 깨끗한 옷으로 갈아입혀도 엉망이 되는 데 채 십여 분이 걸리지 않을 정도로 말괄량이인 공주였다.

여자면 좀 여자답게 놀아야 하는데, 남자아이들보다도 극성스러운 탓에 프리아와 같은 시중드는 하녀들만 생고생 중이었다.

'크흠.'

그러나 어린 공주에게 모든 걸 곧이곧대로 말할 수는 없는 노릇. 프리아는 애써 웃으며 이번에도 말을 아꼈다.

"없긴요. 지난번 모임 때 테오도르 공자님께서 공주님 칭찬을 얼마나 많이 하셨는데요."

"테오 오빠가?"

"네에! 언제나 활달하신 공주님의 모습이 보기 좋다고 하셨어요. 나중에 크면 굉장한 미인이 될 거라고도 말씀 하셨고요. 그건 저도 같은 생각이에요!"

프리아가 드레스를 내려놓으며 이전과는 다른 눈빛으로 멜로디를 바라봤다.

괜한 소리가 아니었다. 하루에도 열두 번씩 속을 썩이는 공주지만, 고이 잠든 모습을 보면 정말이지 어여쁜 천사가 따로 없었다.

곱디고운 피부에 허리까지 내려오는 검은 머리칼은 아이답지 않게 풍성했고, 크고 둥근 까만색 눈동자는 흑요석처럼 언제나 빛이 났다.

올해로 다섯 살이 된 사고뭉치 공주, 멜로디 리안 드 카터.

그녀는 미들 네임처럼 제국 최고의 미남이라 불리는 칼리스타 공작, 외숙부인 리안의 용모를 쏙 빼닮아 있었다.

조용한 성품까지 닮지는 못했지만, 성인이 되면 반드시 리안에 버금가는 대단한 미녀가 될 거라는 평이 지배적이었다.

그걸 아는지 모르는지 멜로디가 새침하게 대꾸했다.

"프리아, 지금 나 드레스 입히려고 수작 부리는 거지? 안 속아!"

"수작이라니요! 아닙니다, 공주님! 정말로 그렇게 말씀

하셨어요!"

"자꾸 거짓말할 거야? 난 그런 말 들어본 적 없다니
까!"

테오도르는 멜로디가 알고 있는 가장 친절한 어린 신사
였다. 또래의 친구들과 달리 언제나 좋은 말만 해주는 오
빠지만, 예쁘다는 말은 한 번도 한 적이 없었다.

"공주님, 저 정말 억울해요! 이 드레스에 대해서는 사
실 거짓말을 조금 보태긴 했지만, 테오도르 공자님 얘기
는 진짜예요! 저 없는 말 지어내고 그러지 않는다고요!"

"……그래? 진짜라고?"

"네! 맹세할 수도 있어요!"

프리아가 펄쩍 뛰니 귀가 솔깃했다. 멜로디가 미간을
좁히며 재차 물었다.

"정말 사실이야? 테오 오빠가 그랬어?"

"그럼요! 공주님을 그윽한 눈빛으로 쳐다보시기까지
했다니까요!"

"그윽한 눈빛? 그게 뭔데?"

'아차!'

언어 구사력이 뛰어난 편이기는 하나 멜로디는 아직 어
린아이였다. 대체 다섯 살에게 그윽하다는 말의 뜻을 어
떻게 설명할 것인가?

프리아가 순간 난처한 표정으로 어쩔 줄 몰라 하자 함

께 있던 시녀 둘이 몰래 입을 가리며 쿡쿡 웃었다.

"무슨 뜻이냐니까?"

갑자기 조용해진 프리아가 왠지 수상했다. 멜로디가 시녀들을 번갈아 살피며 채근하자 프리아가 애꿎은 치맛자락을 모아 쥐며 말을 더듬거렸다.

"저…… 그게 말이죠, 공주님. 그러니까……."

마땅한 설명이 떠오르지 않아 그녀가 비지땀을 흘릴 그때.

"멜로디, 지금까지 드레스도 갈아입지 않고 뭘 한 거니?"

질책의 음성과 함께 때마침 지원군이 나타났다.

"황후 마마 오셨습니까."

레지나의 등장에 프리아는 물론 웃고 있던 시녀들이 재빨리 뒤로 물러나며 예를 갖췄다.

"어마마마……."

멜로디도 슬쩍 고개를 숙이며 레지나의 무서운 눈길을 피했다.

"모두 물러가거라."

아직 아무런 얘기도 듣지 못했지만 뻔한 스토리였다. 멜로디가 드레스를 입지 않겠다고 버티는 건 어제오늘의 일이 아니었다.

"휴, 멜로디. 널 대체 어쩌면 좋니."

시녀들이 나가자마자 레지나가 한숨을 내쉬며 딸에게 다가갔다. 한풀 꺾인 어머니의 음성에 용기가 생긴 듯 멜로디가 조심스레 얼굴을 들었다.

"어마마마."

"그래, 말해 보아라. 오늘은 무슨 이유인 거니? 듣자하니 널 위해서 특별히 제작한 드레스라고 하던데, 색이 마음에 안 들기라도 하는 거니?"

새하얀 드레스가 레지나의 눈엔 예쁘게만 보였지만, 사람은 누구나 취향이 있고, 멜로디는 평소 붉은 계통의 색을 좋아하는 편이었다.

'끝까지 입지 않겠다고 고집을 부리면 어떡하지?'

어린 딸을 무슨 말로 설득시켜야 할지 고심하며 레지나가 딸의 옆자리에 앉았다.

"아니요, 색깔은 괜찮아요."

"그럼 디자인이 별로니?"

레지나는 디자인도 마음에 쏙 들었다. 멜로디는 모르겠지만, 현재 레지나가 입고 있는 드레스 또한 같은 디자이너의 작품이었다.

"그렇긴 한데……."

"한데……?"

"그냥…… 오늘은 좀 그래요."

"좀 그렇다니, 뭐가 말이니? 멜로디, 네가 싫다는 건 나도 특별히 강요하고 싶지 않단다. 하지만 오늘은 중요한 날이잖니."

"라이언의 생일이 그렇게 중요해요? 황태자라서?"

레지나가 깜짝 놀라 눈을 홉떴다. 어쩐지 딸의 음성에서 서운함이 느껴졌기 때문이다.

당황한 그녀가 말을 잇지 못하자 멜로디가 덧붙였다.

"알아요. 라이언은 아바마마의 뒤를 이어 제국의 황제가 되어야 한다는 거. 여자인 제게는 황위를 이을 자격이 없다는 것도 알아요."

"멜로디! 누가 네게 그런 말을 한 거니? 넌 아직 어려서……."

"수업 시간에 배웠어요. 그리고 라이언이 지금처럼 바보같이만 굴지 않으면 황제가 돼도 괜찮다고 생각해요."

멜로디의 똑 부러진 발언에 레지나는 다시 한 번 말문이 막혔다. 평소엔 갖은 생떼로 속을 뒤집어 놓는 딸이지만, 가끔은 이렇게 어른스러운 말투로 사람을 놀라게 하는 재주가 있었다.

그래서일까. 레지나는 저도 모르게 딸에게 물었다.

"황제가 된 라이언이 바보같이 굴면, 그때는 어쩔 거니?"

"어쩌긴요. 알려줘야죠."

"알려주다니? 무엇을?"

"뭐긴 뭐예요. 제국을 올바르게 다스리는 법이죠."

"그래도 라이언이 못 알아들으면?"

"음……."

막힘없이 대답하던 멜로디가 잠시 생각에 잠겼다. 눈동자를 굴리며 입술을 오므리는 모습이 깨물어 주고 싶을 만큼 귀여웠다.

"그땐 라이언이 황제니까 때리면 안 되겠죠?"

"당연히 안 되고말고. 그리고 그건 지금도 마찬가지란다, 멜로디."

딸을 향해 레지나는 짐짓 엄한 눈빛을 지어 보였다. 아직 현장에서 발각된 적은 없지만, 그녀는 멜로디가 몇 번 몰래 라이언을 손찌검한 적이 있음을 알고 있었다.

"제가 누나인데도 안 돼요?"

"어떤 상황에서도 폭력을 쓰는 건 몹시 나쁜 거란다. 더욱이 황제의 몸에는 어느 누구도 손댈 수 없지. 이 엄마라도 말이야."

"아무도 모르게 하면요? 그건 괜찮지 않을까요?"

다섯 살의 멜로디는 매우 진지했다. 실제로 그 순간 멜로디는 라이언이 정신을 차릴 수만 있다면 더한 것도 할 수 있다고 생각하는 참이었다.

'하아.'

늘 느끼지만, 부모가 된다는 것은 참으로 어렵고 고단

한 일이다. 어떤 말로 딸을 이해시켜야 할지 레지나는 난
감하기만 했다.

"어?"

그때 갑자기 멜로디가 귀를 쫑긋 세우며 일어났다.

"멜로디, 앉거라. 아직……."

"어마마마, 외숙부예요!"

"뭐?"

"발걸음 소리 안 들리세요? 이건 외숙부가 걷는 소리
라고요!"

발을 동동 구르며 멜로디가 소리쳤다.

"소리만으로 그걸 안다는 거니?"

딸이 오빠를 남다르게 좋아한다는 걸 알고는 있었지
만, 소리만 듣고도 알아보는 것은 엄마인 레지나도 처음
보는 광경이었다.

"그럼요! 어마마마는 모르세요?"

"보통은 다 모르고 지낸단다. 멜로디 네가 특이……."

"외숙!"

레지나의 음성이 딸의 외침에 가려졌다. 문이 열림과
동시에 나타난 리안에게 멜로디가 온 힘을 다해 달려갔
다.

"어이쿠!"

리안 역시 달려오는 멜로디를 두 팔 벌려 힘껏 안아 올

렸다. 그리곤 언제나처럼 번쩍 들고는 빙글빙글 돌았다. 멜로디의 자지러진 웃음소리가 온 방 안에 울려 퍼졌다.

"어디 보자, 우리 공주님께서 얼마나 더 예뻐졌는지 좀 볼까?"

멜로디를 바닥에 내려놓고 한쪽 무릎을 굽힌 채 리안이 눈을 맞췄다. 그가 자신을 쏙 닮은 조카의 얼굴을 사랑스럽다는 듯 찬찬히 훑었다.

그건 마치 하나의 의식 같았다. 그걸 잘 알기에 멜로디도 다시 안기고 싶은 걸 꾹 참고 기다렸다.

인고(?)의 시간이 지나고 마침내 끝이 왔다.

"이런, 이런! 한 달 전만 해도 이렇게 예쁘지는 않았었는데, 이거 갈수록 큰일인걸?"

한 달 전, 그리고 그 이전에도 수없이 들었던 말이지만, 신기하게도 멜로디는 그때마다 웃음이 났고 기분이 좋아졌다. 외삼촌의 품에 안긴 채 멜로디가 또 한 번 까르르 웃음을 터뜨렸다.

"몸은 어때?"

한 손으로 조카를 안는 자세가 전혀 어색함이 없었다. 리안이 멜로디의 머리를 쓰다듬으며 동생에게로 걸어갔다.

"보시다시피."

오빠와 딸의 격한 해후를 미소 지으며 바라보던 레지나

가 오른손으로 살짝 부른 배를 감쌌다. 오늘로 임신 20주째를 맞는 그녀는 현재 셋째 아이를 잉태 중이었다.

"아픈 곳은 없지?"

"몸에 좋다는 건 다 먹고 있으니 걱정하지 마. 폐하께서 어떤지 오빠도 잘 알잖아."

"암, 잘 알지."

황후에 대한 황제의 각별한 애정은 전 국민이 아는 사실이었다. 그 일로 레지나는 가끔 툴툴거리는 것 같으나, 동생을 위해 주는 황제가 리안은 그저 고맙고 감사했다.

"오빠는 언제 돌아온 거야? 갔던 일은 잘됐고?"

"어젯밤에. 좀 더 기다려 봐야겠지만 조만간 북쪽 대륙에도 터미널이 들어서게 될 거야. 직접 가보니 그렇게 꽉 막힌 사람들 같지는 않더라고."

리안의 터미널 사업은 하루가 다르게 눈부신 성장을 하고 있었다. 사람들이 갈수록 게이트의 편리성을 인지하게 되면서 이젠 대륙에 없어서는 안 될 필수 교통수단이 되었다.

첫 개통 이후 4년이 지난 현재 지금, 웬만한 대도시에는 터미널이 전부 들어섰고, 갈수록 게이트를 가동하는 횟수도 증가하는 추세였다.

"우와! 그럼 이제 북쪽 오지에도 한 번에 갈 수 있는 거예요?"

"터미널이 생기면 당연히 그렇게 되겠지? 왜, 북쪽 대륙에 가보고 싶니?"

"네! 거긴 참 신기한 것 같아요. 그곳에는 사람은 살지만, 나라는 없다면서요? 정말 그런가요, 외숙?"

"맞다. 그렇지만 부족을 이루며 살아가고 있기 때문에, 우리와 다를 것은 없단다."

"부족이요? 그게 뭔데요?"

"멜로디, 이제 막 도착하셨잖니. 질문은 나중에 하고 어서 내려와 앉거라."

갓난아기도 오래 안고 있으면 팔이 아프기 마련이다. 레지나가 소파를 가리키며 명하자, 멜로디가 도리질 치며 리안의 목을 꼭 끌어안았다.

"싫어요! 외숙에게서 안 떨어질 거야!"

"멜로디, 엄마 말 들어야지? 어서 내려와!"

"싫다니까요!"

멜로디가 리안의 가슴팍으로 더욱 깊게 파고들었다.

"너 자꾸 그러면……."

"이러면 괜찮지?"

레지나의 언성이 더 높아지려는 찰나, 리안이 빛보다 빠른 속도로 자리에 가 앉았다.

"그리고 나 하나도 안 무거워. 괜한 걱정하지 마."

"오빠, 오빠가 자꾸 그러니까 애가 버릇이 없어지는 거야. 올 때마다 그렇게 안고 있으면 어떡해!"

"아직 어리잖아. 어린데 뭐가 어때. 너도 어릴 때 내가 많이 안아 줬었잖아."

"정말요? 어마마마도 외숙이 저처럼 맨날 이렇게 안아 줬어요?"

고개를 빼꼼히 처들며 멜로디가 신기하다는 듯 물었다.

"그럼! 그때는 외숙도 어려서 무척 힘들었단다. 레지나, 기억나지?"

물론 기억한다.

레지나는 문득 얼마 전 엄마와 했던 얘기가 생각났다. 멜로디가 리안만 찾아서 큰일이라는 말을 지나가면서 했더니, 한참을 웃으시며 엄마가 그러셨다.

"리안을 닮았어도 네 딸이 맞긴 맞는 모양이다. 어쩌면 리안을 좋아하는 것까지 그렇게 쏙 빼닮았다니."

"그게 무슨 말씀이세요?"

"너 다섯 살 때인가? 뭐 때문인지는 모르지만, 갑자기 그 무렵부터 리안을 졸졸 따라다니기 시작하더구나. 네가 어디 있는지 몰라서 찾아다니면, 언제나 리안과 함께 있는 널 발견하고는 했단다."

"남매니까 당연히 같이 놀고 있었겠죠."

"그때마다 리안이 널 안아 주고 있었던 거 아니?"

"오빠가요?"

"그래, 고작 너보다 한 살 많은 리안이 힘이 있다면 얼마나 있었겠니. 그래도 동생이라고 어찌나 아등바등 애써서 안아주던지, 이 엄마가 다 안쓰러웠단다."

"그랬군요. 훗, 오빠는 그때나 지금이나 참 좋은 오빠였네요."

쑥스러운 나머지 레지나는 그렇게 말을 끝내고 말았다. 그리고 그날 밤 꿈에 다섯 살로 돌아가 지금의 멜로디처럼 까르르 웃으며 오빠에게 안겼었다.

"내가 그랬던가?"

옛 추억에 작은 미소가 피었지만, 레지나는 부러 모른 척했다. 그런 동생에게 서운할 법도 할 텐데, 리안은 그저 웃으며 넘어갔다.

"그보다 우리 멜로디 공주님은 왜 아직도 여기에 있는 거지? 드레스도 입지 않고 말이야. 오늘이 무슨 날인지, 내가 잘못 알고 온 건가?"

"오늘 라이언 생일 맞아요. 잘못 오신 거 아니에요."

"목소리가 많이 시무룩한데? 멜로디, 무슨 일 일었니?"

"파티에 참석하기 싫대. 그래서 드레스도 안 입고 버티는 중이었어."

입술을 삐죽이는 멜로디를 대신해서 레지나가 답했다.

"참석하기 싫다니? 왜?"

"그건 나도 모르지. 마침 오빠가 와 줘서 얼마나 다행인지 몰라."

"응?"

"그럼 난 오빠만 믿고 가볼게. 멜로디 잘 설득해서 데리고 와줘. 알았지?"

"……뭐?"

"난 챙겨야 할 사람이 많잖아. 부탁할게, 오빠. 멜로디, 이따가 보자!"

부지불식간에 일어난 일이었다. 리안이 미처 상황 파악도 하기 전 레지나가 윙크를 날리더니 어느 때보다 빠르게 사라졌다.

"싫어! 안 갈 거야! 안 갈 거라고!"

리안 곁에 남은 사람이라고는 파티에 절대 참석하지 않겠다고 부르짖는 떼쟁이 다섯 살 공주님뿐이었다.

＊　　　＊　　　＊

리안과 멜로디가 나란히 소파에 앉았다. 멜로디는 고개를 숙인 채 바닥만 보고 있었고, 리안은 그런 멜로디를 곤란한 눈빛으로 바라보고 있었다.

"멜로디."

리안이 부르자 멜로디가 말없이 얼굴을 들었다. 자신과 똑같은 까만색 눈동자를 내려다보며 리안이 부드럽게 웃었다.

"파티에 가기 싫은 이유가 뭔지 외숙부가 물어봐도 될까?"

"……안 물어보시면 좋겠어요."

"그건 왜지?"

"그거야 외숙이 물어보시면 전 대답할 거고, 그러면 외숙은 제게 실망하실 테니까요."

"내가 실망을 해?"

"늘 그러셨잖아요. 라이언과 친하게 지내야 한다고. 제가 누나니까 동생을 잘 돌봐야 한다고."

"그러니까 우리 멜로디가 파티에 참석하기 싫은 이유가 라이언 때문이구나?"

"앗!"

당황한 멜로디가 손으로 입을 막아보았지만 이미 늦었다. 리안이 미소를 품은 채 멜로디의 어깨에 손을 얹었다.

"라이언이랑 싸운 거니?"

도리도리.

"그러면?"

"……."

"흐음, 라이언이 우리 멜로디에게 어떤 잘못을 했을까?"

"그런 거 아니에요. 라이언은 잘못 없어요. 그냥……."

멜로디는 쉬이 말을 잇지 못했다. 달싹거리는 입술이 당장 열릴 것 같으면서도 도무지 움직이지가 않았다.

그렇게 얼마나 지났을까.

리안이 차분히 기다린 끝에, 드디어 멜로디가 속내를 털어놓았다.

"그게요, 외숙. 사람들이 전부 라이언만 좋아해요. 아바마마도 어마마마도 귀족들도 시종들도 모두 라이언한테만 관심을 둬요. 라이언과 함께 있으면 언제나 전 뒷전이 되고 말아요."

뜻밖의 얘기에 리안은 깜짝 놀랐다. 꼬마들의 문제라 봤자 장난감에 대한 것이러니 했는데, 생각과는 전혀 다른 문제였기 때문이다.

"사람들은 제가 보이지 않나 봐요."

"멜로디, 그건 네 오해 같구나. 이렇게 예쁜 네가 보이지 않을 리가."

풀이 죽은 조카의 모습에 리안은 순간 너무 가슴이 아팠다.

"넌 절대 뒷전이 아니란다."

"아니요. 저도 다 알아요. 라이언이 황태자라서 그런 거잖아요. 제가 놀다가 넘어지면 프리아가 달려와서 일으켜 줘요. 그런데 라이언이 넘어지면 어떤지 아세요?"

본 적은 없지만 리안은 짐작이 갔다. 라이언이 태어나던 날 전 제국이 들썩였다.

가뜩이나 손이 귀한 황실이 아니던가. 황태자의 탄생에 온 국민이 제 일처럼 기뻐하며, 도시 곳곳에서 밤이 새도록 축하 파티가 벌어졌다.

멜로디가 태어나던 해도 그러했지만, 라이언의 탄생일에 비할 수는 없었다.

'멜로디……'

서러움에 찬 조카의 눈을 보니 리안은 마음이 짠했다. 이제 고작 다섯 살인데, 벌써부터 그런 아픔을 갖고 있다는 게 가여운 한편 씁쓸했다.

"라이언이 넘어지기라도 하면요. 근처에 있던 모든 사람이 사색이 된 얼굴로 뛰어가요. 무슨 큰일이라도 난 것처럼요."

"멜로디, 그건 라이언이 아직 어려서 그런 거란다. 이제 겨우 세 살이잖니."

"그럴 수 있죠. 하지만 다섯 살이 되어도 똑같을걸요? 라이언은 황태자니까. 황태자는 귀한 사람이니까."

"세상에 귀하지 않은 사람은 없단다. 라이언만큼이나 멜로디 너는 소중한 존재야. 둘 중 어느 한 명만 택할 수 없을 정도로 말이야."

"외숙은 그럴지 몰라도, 다른 사람들은 아니에요. 할마마마도 맨날 '우리 태자, 우리 태자' 하신다고요."

그동안 쌓인 게 많았던 모양이었다. 평소 리안의 말이라면 뭐든 믿었던 멜로디가 오늘은 좀처럼 물러서지 않았다.

"멜로디."

리안은 몸을 낮춰 멜로디를 곧이 응시했다.

"그래서 라이언이 싫으니?"

"네?"

"사람들의 관심이 온통 라이언에게만 쏠려서 싫은 건지 물었다."

"아니요……. 싫지는 않아요. 단지 가끔 바보 같아 보일 뿐이에요."

"바보?"

충분히 미워할 수 있는 상황임에도 그렇지 않다는 게 대견했다. 하지만 바보 같다는 말은 참으로 의아했다.

이제 막 세 살이 된 그의 둘째 조카는 누구에게나 방긋방긋 잘 웃어주는 귀여운 꼬마였기 때문이다. 멜로디처럼 떼쓰는 것도 보지 못했고, 심지어 우는 모습조차 리안은 본 적이 없을 정도로 성격 좋은 녀석이었다.

아니나 다를까. 동생이 바보 같다는 멜로디의 이유가 조금 특이했다.

"매일 웃기만 하잖아요. 이래도 하하, 저래도 하하. 외숙은 아세요? 라이언이 여태껏 한 번도 누구에게 싫다고 한 적이 없는 거?"

"그랬나?"

"네에! 그래서 애들이 라이언한테 얼마나 달라붙는데요. 이거 해 달라, 저거 해 달라. 그러면 라이언은 바보같이 웃으면서 다 해줘요. 저번에는 대신 술래까지 해 줬다니까요! 그래서 제가 막 화를 냈더니 다들 가버린 거 있죠! 다시는 저랑 안 놀겠다면서!"

지금 생각해도 아주 분하다는 듯 멜로디가 씩씩거리며 열을 냈다.

'쿡.'

리안은 웃음이 터질 뻔했다. 별거 아닌 일로 화를 내는 멜로디의 모습이 귀엽기도 했지만, 그보다는 동생을 향한 조카의 숨은 애정을 확인해서 기분이 좋았다.

바보 같다는 말에 놀랐던 것이 다소 진정이 되었다고 할까?

"끝까지 남은 건 테오 오빠뿐이었어요. 테오 오빠까지 갔으면 억울해서 울어버렸을지도 몰라요."

"테오라면 타운젠드 백작의 아들 테오도르 군을 말하는 것이니?"

"네, 테오 오빠가 손을 잡아줘서 버틸 수 있었어요. 아참, 외숙. 그으한 눈빛이 뭐예요?"

테오도르에 관해 얘기하다 보니 아까 프리아가 했던 말이 떠올랐다. 평소 궁금한 것을 못 참는 성미답게 멜로디가 초롱초롱한 눈빛을 빛내며 리안을 올려다보았다.

"그런 말은 어디에서 들었니?"

"프리아한테서요. 테오 오빠가 저를 그으한 눈빛으로 바라보며 예쁘다고 그랬대요. 외숙, 그으하다는 게 좋은 뜻이에요?"

"그럼, 좋은 뜻이고말고. 테오도르 군이 우리 멜로디를 좋아하는 모양이구나."

"테오 오빠가 저를요?"

의외라 여겼는지 멜로디의 목소리가 커졌다.

"그 녀석 눈이 매우 높은걸? 미래의 여신님을 미리 알아보고 선수를 치다니 제법이야."

"외숙……, 그럼 저 테오 오빠랑 결혼해야 하는 거예요?"

"결혼이라니? 갑자기 그건 또 무슨 말이니?"

난데없이 튀어나온 결혼 얘기에 리안의 눈이 휘둥그레졌다. 당장에라도 울 것 같은 얼굴로 멜로디가 말했다.

"좋아하면 결혼하는 거라면서요. 그럼 전 어떡해요? 전 테오 오빠보다 외숙이 좋단 말이에요."

"멜로디, 그건……."

"저는요. 크면 꼭 외숙한테 시집갈 거예요. 아바마마랑 어마마마께도 벌써 다 얘기했어요. 그러니까 테오 오빠가 저 데려가기 전에, 외숙이 먼저 데려가세요. 네? 네?"

이보다 더 간절한 눈빛은 여태 본 적이 없었다. 두 손을 그러모은 채 애원하는 조카의 모습이 귀여운 한편 안쓰러워서 리안은 웃어야 할지 울어야 할지 갈피를 잡을 수가 없었다.

"그렇게 해주세요, 제발!"

"그럼 멜로디, 우리 약속 하나 할까?"

리안은 순간 좋은 수가 떠올랐다.

"무슨 약속이요?"

"앞으로 오늘과 같은 떼쓰지 않기. 멜로디가 약속하면 외숙도 약속할게. 우리 멜로디가 나중에 커서 시집오겠다고 하면 받아준다고. 어때? 약속할까?"

"정말요? 외숙? 진짜예요?"

"외숙은 거짓말 안 한단다. 특히 우리 멜로디 앞에선 더욱더!"

"우와! 외숙 최고!"

리안이 청혼(?)을 승낙하자 신이 난 멜로디가 소파 위로 껑충 뛰어올랐다. 긴 머리를 찰랑거리며 방방 날뛰는 모습이 정녕 세상을 다 가진 듯했다.

행여나 떨어질까 싶어 리안은 팔을 뻗어 방벽을 만들고, 남은 손으로는 재빨리 옆에 놓여있던 드레스를 집어 들었다.

조금 전까지만 해도 꼬마 숙녀를 어떻게 달래서 데려가야 하나 고심 중이었는데, 생각지도 않은 방법으로 쉽게 해결이 되었다.

'나에게 시집을 오겠다고?'

드레스를 입히던 리안은 저도 모르게 피식 웃었다. 과연 녀석의 마음이 언제까지 이어질 것인가?

장담하건대 5년, 아니 3년 안에 배신할 거라는 데에 리안은 전 재산을 걸 수도 있었다.

제2화

아직은
짝사랑

제국 로젠바움의 황태자, 라이언의 생일 파티가 황궁에서 성대하게 열렸다. 어린 황태자의 생일인 만큼 부모의 손을 잡고 파티에 참석한 귀족 자제들의 모습이 유난히 눈에 띄었다.

그 덕분일까.

파티에 참석하기 싫다고 갖은 투정을 부리며 애를 태웠던 멜로디가 언제 그랬냐는 듯 또래들과 함께 웃으며 열심히 뛰어놀았다.

다행인 점은 실내에 마련된 작은 놀이터였기에 아직 드레스는 깨끗했고, 리안과의 약속 때문인지 얼굴에는 밝은 기운이 흘러넘쳤다.

"누나! 누나!"

그런 멜로디의 뒤를 열렬히 따라다니는 귀여운 꼬마 아이가 하나 있었으니, 녀석이 바로 멜로디의 동생인 황태자 라이언이었다.

동그란 얼굴, 짙푸른 눈동자, 도톰한 입술. 모든 게 엄마인 레지나를 쏙 빼닮았지만, 머리색만큼은 황가의 상징인 붉은 빛깔을 띠고 있었다.

장차 라테스의 뒤를 이어 제국을 이끌어가야 할 황실의 장남.

본인의 어깨에 어떠한 짐이 짊어져 있는지 전혀 실감하지 못한 채, 녀석이 종종거리며 누나의 등을 쫓았다.

"한 달 새에 정말 많이 자라셨습니다."

"그렇죠? 멜로디 때도 느꼈지만, 아이들은 정말 하루하루가 달라요. 어쩜 저렇게 빨리 자라는지 신기할 정도라니까요."

뛰노는 두 자식을 바라보는 레지나의 눈에는 애정이 가득했다.

"황후 마마가 부럽습니다."

"엘?"

난데없는 엘의 고백에 레지나가 아이들에게서 시선을 떼고 돌아봤다.

"황태자님과 공주님을 보고 있으면 귀엽고 예뻐서 눈

을 떼지 못할 때가 많습니다. 그래도 아기를 낳고 싶다는 생각은 한 번도 해본 적이 없었거든요?"

"엘은 결혼을 해도 아이는 낳지 않을 거라고 했죠?"

"네, 저 같은 딸 낳을까 봐 무서워서요."

동의할 수 없었지만, 레지나는 그냥 함께 웃어넘겼다.

"그런데 황태자님과 공주님을 향한 황후 마마의 눈을 처음 본 순간, 가슴에서 뭔가 요동이 치는 겁니다. 이런 게 모성애인 걸까요?"

"글쎄요⋯⋯. 잘은 모르겠지만 하나는 알겠네요. 엘, 얼른 결혼하셔야겠어요."

"네? 결혼이요?"

"아이 낳은 엄마가 부럽다면 똑같이 아이를 낳아봐야 하는데, 결혼도 안 하고 아이부터 가질 수는 없잖아요. 어때요. 제가 참한 남자분 알아볼까요?"

레지나가 미소를 지으며 달라붙자 엘은 덜컥 겁이 났다. 결혼이야 언젠가 할 수도 있겠지만, 레지나의 중매를 받고 싶지는 않았다.

황후가 소개해 주는 남자를 무슨 수로 거절하겠는가?

벌써부터 부담 백배였다.

"엘한테 관심 있는 남자분 엄청 많아요! 몰랐죠?"

"아니요, 황후 마마. 저는⋯⋯."

"어떤 스타일이 좋아요? 마법사 같은 머리 쓰는 학구

파? 기사처럼 싸움 잘하는 남자? 말만 해요, 말만. 제가 다 알아볼게요!"

"황후 마마, 제가 그렇게 결혼을 서둘러야 할 정도로 나이 들어 보이나요?"

레지나가 너무 몰아붙이자 엘은 불쑥 걱정이 들었다. 나름 동안이라 자부하며 살았는데, 관리 소홀로 그새 팍 늙은 건 아닌지 불안하고 초조했다.

"아니요, 아니요. 엘, 오해하지 마요. 전 단지 엘이 좋은 짝을 만나 행복하게 살길 바라서 그런 거니까. 엘도 우리 오빠 못지않게 동안이잖아요."

"그렇죠? 저 아직도 동안 맞죠?"

찰나 간에 천국과 지옥을 오간 기분이었다. 엘이 가슴을 쓸어내리며 안도의 숨을 몰아쉬었다.

"공작님 말씀이 나와서 말인데요. 공작님 장가가시기 전까지는 저도 시집 안 갈 겁니다. 그러니 중매 얘기는 공작님 결혼하시면 그때 다시 꺼내 주세요."

"그건 시집을 안 갈 거라는 말과 똑같은데요? 하여튼 오빠도 엘도 문제에요. 나이가 차면 당연히 결혼을 해야지, 왜들 그렇게 속을 썩인데요. 어릴 땐 제 말이라면 뭐든 들어줬었는데, 요즘은 귓등으로도 안 듣는다니까요."

정말 속상하다는 듯 레지나의 표정이 불퉁하게 변했다. 괜스레 뜨끔해진 엘은 놀이터를 가리키며 재빨리 화제를 전환했다.

"공작님도 어릴 시절엔 멜로디 공주님처럼 저렇게 귀여우셨겠죠?"

"오빠요? 네, 뭐. 지금도 그렇지만 어릴 땐 선이 더 곱고 예뻤어요. 지금의 멜로디와 거의 흡사했죠."

"놀라울 정도로 닮으셨어요. 또래보다 영특하신 점까지도요. 나중에 어떤 모습으로 자라실지 기대가 되는 분입니다."

화려한 미모로 여러 남자 울릴 것 같다는 말도 하려 했지만, 그랬다가는 화제가 다시 돌아갈 것 같아서 묵묵히 속으로만 삼켰다.

"똑똑하면 뭐해요. 성격은 오빠를 하나도 안 닮았는데. 쪼그만 게 어찌나 겁이 없는지 완전 사고뭉치랍니다."

"어릴 땐 다 그렇지요, 뭐. 저도 돌아가신 아버지 말씀이 장난 아니었다고 하던걸요?"

"엘, 설마 그게 위로는 아니죠?"

레지나가 샴페인을 한 모금 들이켰다.

"저러다 어디 크게 다칠까 봐 그게 걱정이에요. 며칠 전에는 나무에서 떨어지는 바람에 얼마나 가슴을 졸였는데요. 밑에 짚더미가 깔려 있어서 다행이었지, 지금 생각해도 오싹해요."

"여신의 방패가 작동하지 않은 건가요?"

엘이 비명을 지르며 뛰어가는 멜로디의 가슴 부근을 살폈다. 드레스에 가려져 메달은 잘 보이지 않았지만, 금줄이 분명하게 보였다.

"그게 그날은 목걸이를 차지 않고 있었더라고요. 그래서 더 놀랐죠. 앞으로는 목에서 목걸이를 풀지 말라고 시녀들에게 신신당부도 했고, 멜로디도 꼭 그러겠다고 약속을 했는데, 엄마 마음이라는 게 이러네요."

그 심정 엘도 충분히 이해가 갔다. 부모의 사랑이라면 그녀 또한 진하게 받아봤으니까. 그러나 여신의 방패라면 걱정은 조금 거두어도 괜찮았다.

여신의 방패란 뛰어난 외모 덕에 과거 여신이라 칭송받던 위대한 마법사, 메리웨더가 헌신을 다해 만든 귀하디 귀한 아티팩트였다.

목걸이를 착용한 이가 위험에 처하면 실드 마법이 저절로 발동되면서 세상 누구도 건드릴 수 없게 된다는 궁극의 방어구.

리안은 그것을 가장 사랑하는 조카인 멜로디의 첫 번째 생일 때 직접 목에다가 걸어 주었다.

"이제 겨우 다섯 살이시잖아요. 여신의 방패가 있다면 괜찮으실 겁니다. 공주님도 차차 나아지실 테고요."

"제발 그러길 바랄 뿐이에요."

레지나의 시선이 딸과 이야기를 나누는 테오도르에게

로 향했다. 올해 열세 살이 되면서 키가 훌쩍 커버린 테오도르는 이제 아이라고 부르기가 무색할 정도였다.

선이 굵어진 외모는 귀엽다는 말보다 잘생겼다는 말이 어울렸고, 길게 쭉 뻗은 다리와 팔에서는 소년의 태가 물씬 풍겼다.

잘 자란 아이를 보면 기분이 좋아진다. 평소보다 의젓해 보이는 테오도르의 모습에 레지나는 절로 입가에 미소가 지어졌다.

"난 싫어! 그러니까 테오 오빠가 포기해!"

그때 무슨 일일까?

별안간 멜로디가 테오도르를 향해 소리를 꽥 지르고는 획 달아났다. 거리가 있어 정확히 듣지는 못했지만 뻔했다. 툭 하면 화를 내는 버릇이 또 튀어나온 것이리라.

"쟤가 또……!"

레지나가 쫓아가 당장에 혼을 내주려는데, 엘이 만류했다.

"안 가보셔도 될 듯합니다."

"네? 그게 무슨……?"

뒤늦게 테오도르를 살피던 레지나가 의아한 표정을 지었다.

"저 아이 지금…… 웃고 있는 건가요?"

"네, 그것도 아주 흐뭇하게요."

멀어져가는 멜로디의 뒷모습을 바라보며 흐뭇하게 웃고 있는 소년.

이상해도 매우 이상한 일이었다.

'화를 내고 갔는데 왜 웃는 거지? 혹시 멜로디를 놀린 건가?'

잠시 그런 생각이 들었지만, 레지나는 이내 고개를 저었다. 아직 열세 살 어린 소년이지만 성품이 곧은 아이였다. 레지나가 아는 한 테오도르는 누구를 놀리거나 할 아이가 절대 아니었다.

"테오도르 군이라면 공작님도 아마 반대하지는 않으실 겁니다."

"넷?"

혼자만의 사고에 멍해져 가고 있던 레지나가 엘의 음성에 현실로 돌아왔다.

"아직 먼 미래의 일이잖아요. 앞일은 아무도 모르는 거니 편하게 기다려 보십시오."

"엘, 대체 그게 무슨……."

"저는 그럼 이만 볼일 마치러 가봐야겠습니다. 잠시 황후 마마께 인사드리러 온 것이었거든요."

"가시더라도 마저 설명을 해주시고 가셔야죠. 이렇게 가버리시면 어떡해요."

"저 바쁜 거 아시잖아요. 타운젠드 백작이 테오도르 군을 부른 모양이니, 정히 궁금하시면 그쪽에 가서 물어보십시오. 나중에 뵙겠습니다."

레지나가 돌아보자 테오도르가 그새 시야에서 멀어지고 있었다. 녀석의 목적지에는 엘의 말처럼 타운젠드 백작은 물론, 그의 누이인 캐러다인과 이벨라 황태후가 한데 모여 대화를 나누고 있었다.

*   *   *

"아버지, 절 찾으셨다고요."

타운젠드 백작에게 먼저 눈인사를 건넨 뒤, 테오도르가 이벨라를 향해 공손히 허리를 굽히며 예를 갖췄다.

"아버지가 아니라 내가 불렀다. 넌 이 고모가 보고 싶지도 않았니?"

백작과 황태후가 인자한 미소로 녀석을 반긴 반면, 캐러다인이 실눈을 뜨며 발딱 일어섰다.

"네 눈엔 고모는 보이지도 않지?"

"그동안 잘 지내셨습니까?"

"흥, 이제 와 챙기면 뭘 해?"

말투와 달리 테오도르의 안부 인사에 캐러다인의 표정은 금세 풀어졌다. 그녀가 뒤늦게 탄성을 터뜨리며 조카에게 다가갔다.

"어머나, 얘 옷발 좀 봐. 완전 죽인다, 죽여! 넌 대체 뭘 먹고 이렇게 멋진 거니? 응?"

"누나! 황태후 마마도 계시는데 말투가 그게 뭐야? 어린애들도 아니고 말 좀 가려서 하지."

"내가 뭐가 어때서? 그리고 나 원래 이런 거 아시거든? 안 그런가요, 황태후 마마?"

"네, 난 괜찮습니다."

이벨라가 웃으며 고개를 끄덕이자 캐러다인이 '거봐' 하더니 테오도르를 향해 다시 환성을 내질렀다.

"역시 패션의 완성은 얼굴이라니까! 테오도르, 오늘 파티에 온 젊은 남자 중에서 네가 제일 멋지다! 최고야! 모델이 되어도 손색이 없겠어!"

"이제 고작 열세 살 애한테 무슨 소리를 하는 거야? 누나는 얘가 남자로 보여?"

"그럼 우리 테오가 남자지, 여자니? 그리고 남자 나이 열세 살이면 다 컸지 뭐! 얘 키 큰 것 좀 봐라. 나랑 비슷하잖아! 어우, 내 새끼! 정말 잘 컸다! 예뻐 죽겠어!"

갑자기 그녀가 테오도르를 덥석 끌어안았다. 파티장이니만큼 주변에 많은 이들이 있었지만, 그녀는 원래가 남의 시선 따위를 신경 쓰는 타입이 아니었다.

"고모, 숨 막혀요."

"어머, 그러니? 미안, 미안."

캐러다인이 급히 조카를 품에서 떼어놨다. 그러나 살짝 몸만 뺐다 뿐이지, 여전히 테오도르 주위를 빙빙 돌아가며 칭찬에 열을 올렸다.

"이거 발란시아에서 맞춘 거 맞지? 테오 네가 입으니까 핏 예술이다! 황홀 그 자체야!"

"고모."

"보고 있으니까 크라다 것도 한번 입혀보고 싶다. 거기 옷도 죽이거든! 있잖아, 우리 내일……!"

"집에 이미 많으니까 거기 데려갈 생각 꿈에도 하지 마세요. 내일 시간도 없지만, 있다고 해도 고모랑은 절대 어디 안 가요. 그러니 그만 하시고 자리에 좀 앉으시죠."

"어머, 어머, 애 좀 봐! 너 그게 오랜만에 만난 고모에게 할 소리니?"

조카의 반격에 당황한 듯 캐러다인의 눈꺼풀이 바르르 떨렸다.

"글렌, 애 지금 얘기하는 거 들었어? 나랑은 절대 어디 안 간다네? 꿈도 꾸지 말래. 애 진짜 웃긴다!"

"전에도 늘 듣던 얘기잖아. 뭘 새삼스럽게 열을 내고 그래?"

"오늘 더 임팩트 있게 들려서 그렇거든? 너 아들이라고 편드니?"

"팔은 안으로 굽는다지?"

"나도 너한테는 안이거든?"

"약간 멀어졌어."

"픕!"

글렌의 대답에 이벨라가 그만 웃음을 터뜨렸다. 두 남매와 있다 보면 종종 오늘과 같은 광경을 목격하곤 하는데, 그때마다 재밌는 한편 부러움이 들고는 했다.

"황태후 마마, 웃지만 마시고 좀 도와주세요. 가녀린 여인한테 이 부자, 너무한 거 아닌가요?"

"그러게요. 타운젠드 백작도 테오도르 군도 좀 매몰찬 것 같군요. 그러지들 마세요. 여자들은 상처를 쉽게 입는답니다."

"송구합니다, 황태후 마마."

말이 없는 아버지와 달리 테오도르가 공손히 사죄했다. 고모를 상대할 때나 지금이나 그런 녀석의 얼굴은 표정의 변화가 거의 없었다.

"어릴 땐 맨날 까르르 웃으며 귀엽게 굴던 녀석인데, 왜 저렇게 딱딱해졌나 몰라. 테오도르, 너 어디 가서 근엄해지는 열매라도 주워 먹고 온 거니? 그래?"

"왜요, 캐러다인. 점잖은 모습이 난 보기 좋기만 한데요. 저런 아들을 두어서 타운젠드 백작님은 든든하시겠어요."

"그렇긴 합니다만, 요즘 좀 심심해진 것도 사실입니다.

종일 서재에서 뭘 하는지 얼굴 보기도 어렵네요."

"그건 글렌 너 어렸을 때랑 똑같거든? 너도 서재에 틀어박혀 공부만 했잖아. 그래서 결혼하기 전까지 여자 한 번을 안 사귀어 봤지. 그 잘생긴 얼굴을 하고서 말이야."

"누나."

"알았어, 알았어. 그만 할게."

이벨라와 함께 있는 자리에서 할 만한 대화는 아니었다. 글렌의 목소리가 낮아지자 캐러다인이 바로 꼬리를 내렸다. 여기서 더 나갔다가는 동생이 화를 내리란 것을 그녀는 귀신같은 본능으로 알아차렸다.

"대신 우리 조카에게 물어보자. 여자 친구 있니?"

"대답해야 합니까?"

"어머, 얘 봐라? 누구 있나 본데?"

캐러다인의 추측에 글렌도 이벨라도 눈이 동그래졌다. 서재에 박혀 공부만 한다는 소년이 어느 틈에 여자 친구를 만들었단 말인가.

세 중년인의 촉각이 일제히 테오도르의 입 모양에 쏠렸다.

"아직 없습니다."

"에이, 없어?"

"네, 좋아하는 아이는 있지만요."

실망감으로 물들던 캐러다인의 얼굴에 급격한 화색이

돌았다. 그녀가 손뼉을 치며 물었다.

"누구? 누구야? 내가 아는 애니? 이뻐?"

"네, 예뻐요."

"너보다 더?"

"그럼요. 웃는 모습이 천사 같은 아이예요."

"어머! 글렌, 얘 지금 웃는 거니? 어?"

어릴 땐 늘 상냥했던 녀석이 언젠가부터 웃는 걸 좀처럼 볼 수가 없었다. 딱히 모나게 굴지도 않고 예의도 발라서 문제가 된 적은 없지만, 가끔은 감정이 너무 메마른 게 아닐까 걱정이 되고는 했다.

그랬던 녀석이 천사를 운운하며 미소를 짓는다?

표정은 또 어찌나 부드러운지, 마치 다른 인격체가 된 것 같았다.

"세상에, 빠져도 아주 단단히 빠졌나 보네. 웃는 것 좀 봐. 여자들 다 홀리겠어!"

"특별히 용무가 있으신 건 아닌 것 같은데, 이제 그만 가 봐도 되겠습니까?"

순식간에 미소가 사그라졌다. 화사했던 분위기가 싸해지는 건 금방이었다.

"야! 너 고모가 말하는 중인데 버릇없게 끊냐!"

"말씀 다 듣고 여쭌 것입니다. 더 하실 말씀 있으신 겁니까?"

"아니! 없다, 없어. 가라, 가!"

캐러다인도 더는 잡지 않았다. 이럴 때마다 느끼는 거지만, 그 옛날 아담하고 귀여웠던 테오도르가 진정 그리웠다.

"나중에 찾아뵙겠습니다."

"테오도르 군이 좋아하는 상대가 누군지 궁금하네요. 왠지 아쉽기도 합니다."

테오도르가 가고 난 후, 이벨라가 서운하다는 듯 내뱉었다.

"황태후 마마, 아쉽다니요?"

"주책일지 모르지만, 내심 속으로 생각했었답니다. 우리 멜로디와 짝이 되면 어떨까, 하고요. 둘이 참 잘 어울린다 했었는데…….."

"에이, 아직 어린 걸요. 지금이야 좋지, 그게 나중에 커서까지 이어지겠어요? 저 때는 자주 변하잖아요."

"그럴까요? 왠지 테오도르 군은 아닐 것 같은데."

"아마도…….."

들릴 듯 말 듯한 글렌의 짧은 혼잣말에 이벨라의 고개가 돌아갔다. '아마도' 그 한마디가 뜻하는 바를 너무 잘 아는 까닭이다.

'글렌.'

자신을 향한 옛 연인의 애틋한 눈빛에 이벨라는 오늘도

숨이 턱 막혔다.

"에휴! 이제 겨우 열세 살짜리도 좋아하는 사람이 있다는데, 우리 레베카는 언제쯤 연애를 해볼까. 아니, 얘 남자를 좋아하긴 하는 건가? 시집은 갈 수 있을까……?"

조용해진 분위기 속에서 애꿎은 캐러다인의 한숨 소리만이 고즈넉하게 울려 퍼졌다.

*   *   *

캐러다인이 딸을 걱정하고 있을 그 시각, 레베카는 한창 춤에 빠져 있었다. 사교계의 여왕답게 그녀에게선 우아함과 기품이 넘쳤고, 춤을 추는 동작 하나하나엔 자신감이 배어 있었다.

화려한 핑크빛 드레스를 입고 플로어를 활보하는 레베카의 모습은 어느 때보다 아름답고 흥겨워 보였다.

"……!"

그러던 그녀가 갑자기 작게 이마를 찌푸렸다.

"왜 그래?"

함께 춤을 추고 있던 듀란이 속도를 늦추며 레베카를 살폈다.

"어디 아파?"

"아니, 귀가 좀 가려워서."

"귀가?"

"어, 누가 내 욕하나 봐."

장난스러운 말에 듀란이 설마하며 웃었다.

"욕이 아니라 칭찬을 하고 있겠지. 이렇게 예쁜 널 보고 누가 욕을 하겠어?"

"어라? 듀란, 지금 나보고 예쁘다고 했어?"

"응, 자주 듣는 말일 텐데 왜 놀래?"

"그렇긴 한데…… 너한테는 처음 듣는 것 같아서."

"나한테서 처음 듣는다고?"

듀란의 고개가 갸웃했다. 어린 시절부터 봐왔던 레베카는 언제나 그의 눈에 어여쁜 숙녀였다. 그녀를 보고 한 번도 예쁘지 않다고 생각한 적은 없었다.

"그래서 너한테는 내가 별로인가 했지. 근데 아니라고?"

"당연하지. 지금껏 살면서 난 너보다 예쁜 여자는 본 적도 없어."

"정말이야?"

"그렇다니까. 천하의 레베카가 왜 이래? 누가 들으면 네가 나 좋아하는 줄 알겠다."

자신이 말하고도 어이없다는 듯 듀란이 웃음을 터뜨렸다. 하지만 다음 순간 그 웃음이 뚝 멈췄다.

"좋아하는 거 맞는데?"

"……뭐?"

"왜 그렇게 놀래? 그럼 넌 나 싫어해?"

"아, 아니."

"거봐. 너도 나 좋아하잖아."

"아, 그런 거?"

"그래, 근데 문득 궁금하다."

잠시 오해했던 듀란이 멋쩍은 표정을 지을 때였다.

"나 여자로는 어때?"

레바카가 불쑥 얼굴을 드밀며 물었다.

"어엇?"

당황한 듀란은 또다시 주춤거렸고, 그런 그를 바라보며 레베카는 생글생글 미소를 지었다.

"나 어떠냐고. 별로야?"

"그, 글쎄. 한 번도 생각을 안 해봐서 모르겠는데……."

"진짜? 생각을 전혀 안 해봤어?"

"으응."

"아, 자존심 상한다. 난 몇 번 상상해 봤었는데."

"나를?"

"그래."

다행스럽게도 레베카의 얼굴이 제자리로 돌아갔다. 듀란은 안도하며 다시 그녀를 플로어의 중앙으로 이끌었다.

"왜 그랬는지 물어봐도 돼?"

"그야 네가 괜찮은 남자니까. 자상하고 현명하잖아. 너 정도면 남편감으로 훌륭하다고 여겼는데, 아무래도 다시 생각해봐야겠다."

내심 서운했는지 레베카가 뽀로통하니 고개를 돌렸다. 듀란이 다급히 덧붙였다.

"레, 레베카! 너도 괜찮아. 아니, 나한테는 과분하지! 넌 제국 최고의 미녀잖아!"

"미모 빼고는 볼 게 없다는 얘기지?"

"무슨 소리야! 넌 얼굴보다 마음이 더 예쁘다고!"

"정말?"

"그래! 내가 어릴 때부터 봐온 넌 어려운 사람을 보면 그냥 지나치지 못했고, 신분에 구애 없이 사람을 대했어. 네 미모에 가려져서 그렇지, 넌 좋은 점이 훨씬 많은 애야!"

어쩌다 보니 춤추는 것도 멈춘 채 열변을 토했다. 행여나 레베카가 상처라도 받을까 싶어 듀란은 칭찬에 칭찬을 거듭했다.

"쿡쿡, 삐친 척한 건데 진짠 줄 알았구나?"

"어?"

"아무튼, 이번 기회에 네가 날 어떻게 생각하는지 알았어. 기분 좋다. 집에 가면 나도 진지하게 다시 생각해 볼게."

"……뭐?"

"친구에서 연인이 되는 것도 나쁘지 않을 것 같거든. 그게 너라면 말이야."

레베카가 플로어의 밖을 살폈다.

"아, 배고프다. 우리 그만 나가자."

방금 전 엄청난 멘트를 날린 사람답지 않게 너무도 태연한 얼굴로 레베카가 걸음을 옮겼다. 듀란은 멍하니 아무 말 못 한 채 레베카가 이끄는 대로 두 발을 움직일 뿐이었다.

'우리가 연인이 된다고……?'

그런 그의 머릿속은 복잡하다 못해 터질 지경이었다.

*　　　*　　　*

"여기서 다들 뭐하세요?"

파티장 한쪽에 먹음직한 음식들이 풍성하게 차려져 있었다. 레베카가 센을 발견하고 그의 곁으로 다가갔다.

"구경 중입니다."

"구경이요?"

센은 아리따운 두 여자와 함께였는데, 그녀들 모두 정신없이 한 곳을 바라보고 있었다.

센이 히죽 웃으며 턱짓했다.

"저쪽이요."

'무슨 일이지?'

궁금해하던 레베카의 얼굴에 금방 이해의 빛이 스쳤다.

"로드리게즈 백작님이 배가 많이 고프셨던 모양이네요."

"그게 좀 전에 보웬 남작과 한판 붙었거든요. 아주 살벌했습니다."

"당연히 비앙카 양 때문이겠죠?"

여동생에 대한 라키아의 과보호는 귀족들 사이에서 유명했다. 비앙카에게 관심을 두었다가도 라키아 때문에 포기한 남자들이 한둘이 아니었고, 그 과정에서 폭력이 사용된 적도 꽤 여러 번 있었다.

"보웬 남작님도 대단하시네요. 이제 포기하실 만도 한데요."

"끈기 하면 염소자리니까요. 염소자리 남자는 포기를 모른답니다."

"그래도 사자한테는 어렵지 않을까요?"

"그게 바로 문제입니다. 특히나 사나운 사자라서 말이죠."

"리즈완 백작님, 배고픈 사자는 원래 사나운 법이라고요."

두 여자 중 백금발의 여인이 새침한 목소리로 끼어들었다.

"나에리스 공주님, 안녕하세요?"

"네, 또 보네요."

레베카가 반갑게 인사한 데 반해, 나에리스는 뭔가 탐탁지 않다는 듯 레베카를 쭉 훑어 내렸다.

"레베카 양, 오셨어요? 듀란 경도 함께 계셨네요."

말소리에 그제야 정신이 차린 듯 다른 한 여인, 마르셀라가 라키아에게서 눈을 떼고 인사했다.

나에리스와 마르셀라.

둘은 4년 전 라키아를 처음 만난 이래로 툭 하면 제국으로 넘어와 주위를 서성이고 있었다. 처음에는 번갈아 왔다 갔다 하더니, 이제는 서로를 견제하기 위해선지 비슷한 시기에 제국을 방문하고 있었다.

"날 무시한 건 당신이 처음이야!"

라고 당당히 소리치며 자신의 마음을 고백했던 나에리스의 일화는 한때 귀족들 사이에서 이성 간에 애정을 표시할 때 유행이 될 정도로 큰 반향을 일으켰다.

정작 당사자인 라키아는 그런 그녀의 고백에 일말의 관심도 없다는 말로 커다란 상처를 안겨주었지만 말이다.

혹시나 자신도 그러한 말을 들을까 봐 염려한 까닭인지 마르셀라는 아직까지 고백조차 못 하고 있었다.

"춤을 계속 췄더니 배가 고파서요. 세 분은 안 드세요?"

"우리가 먹을 게 있을까요?"

잠깐 사이에 음식의 양이 급격하게 줄었다. 시종들이 열심히 접시를 나르고 있었지만, 라키아의 먹는 속도를 따라잡기란 늘 만만치 않았다.

"그러니 늦기 전에 서둘러야죠."

아무도 선뜻 테이블에 다가서지 못할 때, 레베카가 용기 있게 나섰다.

"로드리게즈 백작님, 오랜만입니다."

그녀가 크레페를 한 입 입으로 가져가며 라키아에게 말을 걸었다.

끄덕.

방긋 미소 짓는 레베카에게 가벼운 고갯짓으로 답을 대신할 뿐 라키아는 여전히 식사에만 몰두했다. 지금 그에게 그보다 더 중요한 것은 없어 보였다.

그 모습을 지켜보던 센이 한마디 했다.

"오늘 제가 말씀드린 사자자리 공략법은 모두 잊으십시오."

청천벽력과도 같은 말에 두 공주는 깜짝 놀랐다.

"왜죠? 아까는 리즈완 백작님이 말씀하신 대로만 하면 된다면서요!"

황홀해 마지않는 눈빛으로 라키아를 바라보던 나에리스의 눈매가 북쪽 땅의 얼음만큼이나 싸늘하게 굳었다. 그녀가 본색을 드러내며 앙칼지게 쏘아붙였다.

"감히 내게 거짓말을 한 건가요? 오늘 온종일 따라다니며 배운 게 지금 헛고생이라고 말씀하시는 거냐고요!"

"그게 아닙니다. 이제껏 제가 한 얘기는 사자자리의 남성을 상대함에 있어서 모두 필요한 것들입니다."

"그런데요? 그런데 왜 잊으라는 건가요?"

재차 묻는 마르셀라의 음성에는 불안함이 가득했다.

"더 좋은 수가 생각났기 때문입니다. 지금 발견한 사실 하나가 그 전부를 이길 수 있을 겁니다."

"전부를 이긴다니요?"

"뭔데요, 그게?"

두 공주의 얼굴에 한 줄기 서광이 비쳤다. 그녀들이 기대에 찬 눈으로 센에게 바짝 붙어 섰다.

"요리를 배우십시오."

"엑?"

"요리요?"

"네, 음식 만드는 것 말입니다. 제가 장담하는데 라키아 경의 이상형은 필시 요리를 잘하는 여성일 겁니다. 그

것도 빠른 속도로 다양한 요리를 할 줄 아는 여자. 두 분,
요리는 좀 하시나요?"

약속이나 한 듯 나에리스와 마르셀라가 고개를 가로저
었다. 일국의 공주로 태어난 그들이다. 요리는커녕 둘 다
부엌 근처도 가보지 못했다.

"뭐, 이제라도 배워 보십시오. 혹시 압니까? 그쪽으로
뛰어난 재능이 있으실지."

"재능이 없으면요?"

"글쎄요. 뭐, 그건 그때 가서 다시 생각해 보기로 하지
요. 제가 이제 막 급한 용무가 생겼거든요. 그럼 두 분,
건투를 빕니다."

먹이를 발견한 맹수처럼 센의 눈동자가 순간 빛이 났
다. 공주들을 버려두고 그가 향하는 방면에는 빠르게 홀
을 지나치고 있는 엘이 있었다.

＊　　　＊　　　＊

"엘 양! 엘 양!"

리안을 찾아 바삐 걸음을 옮기던 엘은 누군가의 목소리
에 주위를 두리번거렸다. 그리고 시야에 들어오는 상대를
알아보고 이내 후회했다.

"와, 그 표정 너무한 것 아닙니까? 사람 면전에서 대놓

고 그러는 거 아니죠!"

"크흠. 제가 좀 솔직한 성격이라서요. 기분 나쁘셨다면 죄송합니다, 리즈완 백작님."

"우리 사이에 무슨 존칭입니까? 그냥 센이라고 부르라니까요."

능글맞은 건 시간이 지나도 전혀 변함이 없었다. 5년 전 처음 만났던 그때 그날처럼 센은 엘만 보면 추파를 던지기 일쑤였다.

"이젠 지칠 때도 되지 않았습니까?"

"지쳐요? 뭐가요?"

"저한테 부리시는 수작 말입니다. 설마 제가 넘어갈 거라고 생각하시는 건 아니죠?"

"이런, 내가 말 안 했던가요? 우리 쌍둥이자리에겐 예지력이란 게 있습니다. 되지도 않을 일에 허튼 힘을 쓰지 않지요."

"또 그놈의 별자리 타령이군요."

하도 들었더니 엘도 이제 웬만한 별자리에 관해선 꿰는 실정이었다. 주입식 교육의 위력을 몸소 체험했달까.

"알겠습니다. 그 예지력 믿으시고 평생 기다려 보십시오. 그러다 보면 언젠가 깨닫게 되실 테니."

그간 센과 상대하면서 터득한 것이 하나 있다면 오래 마주하지 않는 것이 정신 건강에 이롭다는 것이었다.

"전 이만 바빠서."

간단한 인사조차 생략한 채 엘이 단칼에 돌아섰다. 당연히 쉽게 물러설 센이 아니었다.

"에이, 이렇게 가시면 서운하죠. 우리가 얼마 만에 본 건데."

"정확히 한 달하고 열흘 지났습니다."

따라붙는 센에게 눈길 한 번 주지 않은 채 엘이 앞만 보며 걸었다.

"와우, 날짜까지 세고 있었던 겁니까? 내가 그래도 좀 보고는 싶었나 보죠?"

"그럴 리가요. 지난번 입궁 날짜를 기억할 뿐입니다."

센을 마지막으로 만났던 게 바로 여기 황궁이었다. 그때도 어찌나 귀찮게 굴었던지, 둘이 사귀는 게 아니냐는 소문이 귀족들 사이에서 파다했다.

"그런데 어디 가는 겁니까? 혹시 칼리스타 공작 전하께 보고하러?"

"대답할 의무 없습니다."

"음, 그렇다면 이쪽이 아니라 반대쪽으로 가야 하는데. 아까 노룩 왕국의 사신과 함께 저쪽으로 가는 걸 봤거든요."

"진짜예요?"

어쩔 수 없이 엘이 멈춰 섰다.

"나도 정직이 모토인 사람입니다. 다른 말로 솔직하다고 하죠."

좀 전 엘의 말투를 흉내 내며 센이 배시시 웃었다. 잠시 망설였지만 엘은 이내 방향을 틀었다. 말이 많아서 그렇지 거짓말을 하는 타입은 아니었다.

"고마워요."

"무슨 별말씀을."

어깨를 으쓱이고는 센이 옆으로 더욱 바짝 붙었다.

"계속 따라오실 겁니까?"

"딱히 할 일도 없어서요."

"오늘은 공주 마마들께서 바쁘신 모양이죠? 아, 오해는 마세요. 제 직업이 직업이다 보니 알 수밖에 없으니까요."

"오해 안 합니다! 잘나가는 정보 길드의 마스터인데 당연하죠!"

센의 입가가 연신 실룩였지만, 정면만 보며 걷느라고 엘은 미처 보지 못했다.

"말 나온 김에 한 가지만 여쭤볼게요. 그분들은 언제쯤 라키아 님을 포기할까요?"

"그거야 나도 모르죠. 사람 마음이라는 게 얼마나 복잡 미묘한데요. 그건 당사자도 모르는 겁니다."

"쌍둥이자리는 예지력이 있다면서요?"

"내 몸 하나 추스르기도 힘든 세상 아닙니까? 예지력은 본인에 한해서입니다. 그리고 난 남의 연애사에는 관심 없어요!"

아무튼 갖다 붙이기는 최고였다.

"라키아 님이 5년째 꿈쩍도 안 하시는데, 그분들도 참 질기군요."

"질긴 사람이 어디 한둘인가요? 원래 이성 문제는 그리 쉽게 끊어지는 것이 아닙니다. 날 보면 알잖아요."

"아."

적절한 비유 덕에 이해가 쉬웠다. 덤으로 자신 또한 이렇게 짜증이 나는데, 두 여자를 상대해야 하는 라키아는 어떨지 엘은 처음으로 안쓰러운 마음이 들었다.

"그러니까 이제 그만 넘어오는 게 어떻습니까? 우리도 이제 진도 나가야죠."

"꿈 깨시라고 이미 말씀드렸을 텐데요."

"계속 그렇게 버티면 나중에 엘 양만 더 창피해진다는 걸 왜 모릅니까?"

"저 창피한 거 아주 잘 참아요. 그러니 염려 붙들어 놓으십시오."

"숨도 잘 참습니까?"

"네?"

뜬금없는 질문에 엘은 저도 모르게 센을 돌아봤다. 그

가 하얀 치아를 드러내며 능청스레 웃었다.

"진도 나가자고 했잖아요. 입술과 입술이 만나다 보면 아무래도 숨을 쉬기가……."

"리즈완 백작님!"

결국 오늘도 터지고야 말았다. 엘이 벌게진 얼굴로 소리를 빽 지르자 마치 소기의 목적을 달성한 사람처럼 센이 후다닥 뒤로 물러섰다.

"역시 엘 양은 소리를 질러야 섹시하다니까!"

"뭐라고요? 당신 진짜……!"

"저기, 저쪽에 계시네요. 공작 전하께 내 안부 전하는 것 잊지 마세요. 그럼 나중에 또 봐요, 엘!"

치고 빠지는 속도가 역시 소드 마스터다웠다. 엘이 뭐라 더 말할 틈도 없이 센이 눈 깜짝할 사이에 몸을 빼서 달아났다.

"용한 집에서 부적이라도 하나 파야지, 내가 진짜 못 살겠다!"

급한 용무만 아니라면 쫓아가서 백 대는 패고 싶은 심정이었다. 엘은 애써 심신을 안정시킨 뒤 리안에게 다가 갔다.

"공작님."

"왔어요?"

대화 중이던 상대에게 잠깐 양해를 구하고 리안이 돌아

섰다.

"알아보셨습니까?"

"네, 두어 시간 전에 본국으로 돌아가셨다고 합니다."

"본국으로요? 혼자서 말인가요?"

"아니요, 류지 님도 함께 가셨습니다. 그런데 화가 많이 나신 것 같았다고……."

말끝을 흐리며 엘이 리안의 눈치를 살폈다. 아사의 위치를 서둘러 파악해 달라는 명에 알아오기는 했는데, 대관절 무슨 일이 터진 건지 영문을 알 수가 없었다.

"어젯밤에 문제라도 있었습니까?"

분명 어제 오후만 하더라도 화기애애한 분위기였다. 리안이라면 자다가도 벌떡 깨어나는 아사가 무엇 때문에 화가 난 건지 엘의 속이 다 답답했다.

"별일 아닙니다."

리안이 잠시 뭔가를 생각하다가 말을 이었다.

"일단 이후 일정은 모두 취소하십시오. 아무래도 묘인국에 가봐야 할 듯합니다."

"지금 말입니까?"

"네, 녀석이 더 삐치기 전에 풀어야지요."

"하지만 지금은……."

엘의 시선이 방금 전까지 리안과 함께 있던 노룩 왕국의 사신을 흘깃거렸다.

명목상 황태자의 생일을 축하하기 위한 사절단이지만, 그들의 주목적은 자국의 터미널 건설이었고, 그것을 위해 오웬 재단에 엄청난 자금을 기부했다.

오웬 재단은 맥카시 전 공작에게 몰수했던 재산을 사회에 환원코자 리안이 4년 전 설립한 자선 단체다(이사장직을 맡은 어머니의 이름을 따서 오웬 재단이라 지었다).

처음 맡은 중책에 오웬은 사명감을 가지고 열심히 임했고, 덕택에 많은 좋은 활동을 벌인 재단은 건립된 이래로 기부금이 끊겨본 적이 없었다.

거기에는 커다란 진실 하나가 숨겨져 있는데, 그것은 제국의 실세인 리안에게 잘 보이고자 하는 마음이었다.

리안이 사업을 함에 있어서 뇌물을 일절 받지 않다 보니, 터미널 입점과 같은 청탁을 원하는 자들이 재단에 기부를 하고 찾아오는 것이다.

보답의 차원으로 리안이 한두 차례 들어주던 것이 이제는 아예 정례가 되는 실정이었다.

"꼭 오늘이 아니어도 되니까요."

하루 늦어진다고 해서 크게 달라질 일도 아니었고, 아쉬운 것은 리안이 아니라 상대방이었다. 다시 약속만 잡는다면 충분히 이해하고 넘어가 줄 것이다.

"라키에게 제 대신 손님 접대 좀 부탁한다고 전해주십시오."

"라키아 님이 하시겠습니까?"

"공주들만 따돌릴 수 있다면 뭐든 할 겁니다. 아시잖아
요."

"하긴요."

"그럼 엘, 부탁합니다."

마음이 급한 듯 리안이 그 즉시 바로 사라졌다. 이제는
제법 익숙해질 법도 한데, 엘은 이번에도 놀라며 흠칫 숨
을 들이마셨다.

제3화

여동생 바보

　리안이 워프 마법으로 도착한 곳은 묘인국 샤하의 궁에
마련된 그의 거처였다. 언제 어느 때나 자유롭게 오가며
쉬라는 아신의 배려였는데, 머문 적은 아직 한 번도 없었
다.

　"정말 청소를 매일 하는가 보네."

　작년 여름에 왔으니 거의 반년 만의 방문이었다. 언
제든 깨끗한 상태를 유지하고 있겠다는 아신의 말이 빈말
이 아님을 한눈에 봐도 알 수 있었다.

　"미안해서라도 자주 좀 와야겠군."

　실현될 가능성이 전혀 없는 말을 홀로 중얼거리며 리안

이 아사를 찾아 밖으로 나갔다.

"오셨습니까."

그런데 언제부터였을까. 나서자마자 웬 사내가 약속이라도 한 듯 리안을 맞았다. 등을 덮는 새하얀 머리칼이 인상적인 사내였다.

"누구시죠?"

"타고라고 합니다. 주인님께서 거처에서 기다리고 계십니다."

"주인이라면 어느 분을 말씀하시는 겁니까? 제가 아는 분인가요?"

"가 보시면 아실 겁니다."

사내가 다짜고짜 걷기 시작하는 바람에 리안은 얼결에 따라갈 수밖에 없었다.

'근데 내가 온 건 어떻게 안 거지?'

리안의 방문은 현재 엘을 제외하고는 아무도 모르는 사항이었다. 사내가 어찌 알고 이곳에 있었던 것인지 리안은 조금 어리둥절했다.

'설마 내가 올 때까지 무작정 기다리고 있었던 건 아니겠지?'

그 설마가 사실임을 전혀 짐작조차 하지 못한 채 리안이 한동안 사내를 따라 걸었다.

"주인님께서 곧 도착하실 겁니다."

그가 데려간 곳은 형형색색의 벽지에 호화롭게 꾸며진 너른 공간이었다. 한쪽 면이 시원하게 트여 있어 궁전의 아름다운 전경을 마음껏 감상할 수 있다는 게 매력적인 장소였다.

"아사의 궁이 어디쯤이지?"

너무 오랜만의 방문인 데다, 실내로 이동한 탓에 지금의 위치가 어디인지 통 감이 오지 않았다.

"저기 탑이 세워진 곳인가?"

기억상 아사의 궁에는 탑이 몇 개 솟아 있었다. 하지만 워낙에 궁전 전체에 탑이 많아서 자신하기는 힘들었다.

"그 녀석의 궁은 나와는 정반대 쪽입니다. 원한다면 잠시 후 모셔다 드리도록 하지요."

타고의 주인이 도착한 것은 그때였다. 뒤에서 들리는 묵직한 음성에 리안이 풍경에서 시선을 거두고 돌아섰다.

"……!"

놀랍게도 리안을 부른 건 아신이었다. 찰나지만 리안은 상대를 진정 아신이라고 생각했다.

다갈색 피부, 검은 머리칼, 은백색 눈동자.

체구는 물론, 각진 턱 선과 살짝 올라간 눈매까지도 완벽히 똑같았다.

'아게르.'

그 순간 리안은 한 남자를 떠올렸다. 샤하의 동생이자

아신과 아사의 숙부인 아게르 원로.

무슨 연유인지 몰라도 리안을 찾은 건 다름 아닌 바로 그였다.

"날 알아본 모양이군요. 반갑습니다. 원로, 아게르입니다."

그가 리안에게 손을 내밀었다. 묘인족인 그가 인간의 예법을 차린다는 게 전혀 어색하지 않을 만큼 그의 행동은 자연스러웠다.

"처음 뵙겠습니다. 리안이라고 합니다."

아사의 숙부인 그가 궁금했던 적이 있었다. 그는 원로이면서도 이상할 정도로 대외 활동을 하지 않아 리안과 마주친 적이 한 번도 없었다.

"뭘 좋아할지 몰라서 내 입맛에 맞는 걸로 골랐습니다."

여자 시종이 다과를 내왔다. 리안을 위해 미리 준비한 듯 전부 인간 세상의 것들이었다.

"전 괜찮습니다. 신경 쓰지 마십시오."

"손님을 초대하였는데 어찌 그럴 수 있습니까. 입에 맞지 않으면 다른 것을 내오지요."

"아닙니다. 이것으로 충분합니다."

리안은 예의상 차와 과자를 조금 입으로 가져갔다. 아게르는 그런 리안의 행동을 한동안 말없이 지켜보았다.

'왜 그냥 보기만 하는 거지?'

사람을 앉혀놓고 말도 없이 보기만 하는 것은 굉장한 실례다. 그러나 여긴 묘인국이고, 그들의 예법에 관해선 리안도 모르는 게 많기에 우선은 기다렸다.

하지만 오 분, 십 분이 지나도 변화가 없었다. 아게르의 은백색 눈동자가 마치 꿰뚫을 듯 리안을 관찰하고 또 관찰했다.

결국 참지 못하고 리안이 먼저 입을 뗐다.

"저기, 절 찾으셨다고……."

"아, 이런! 미안합니다. 말도 없이 내가 계속 쳐다만 봤군요. 궁금한 나머지 나도 모르게…… 하하하."

'궁금했다고? 내가?'

"아신과 아사. 두 조카 녀석의 마음을 훔친 인간이 누구인지 매우 궁금했습니다. 그래서 녀석들이 싫어할 것을 알면서도 이렇게 불쑥 초대를 해버렸네요."

정말이지 단순한 이유였다. 리안이 황당한 표정을 짓자 아게르가 변명하듯 덧붙였다.

"아사 녀석은 몰라도, 아신의 마음을 얻기란 상당히 힘들거든요. 좀처럼 틈을 안 주는 녀석인데, 안 지 얼마 되지 않은 상대에게, 그것도 인간에게 곁을 내주었다니 정말이지 깜짝 놀랐습니다."

"저야 좋게 봐주셔서 감사할 따름입니다."

"형제간에 우애가 깨지지 않도록 애써준 얘기도 들었습니다. 형님이 이미 말했겠지만, 나도 진심으로 감사드립니다."

"아닙니다. 오래전 일인 걸요. 저도 얻은 게 많습니다."

벌써 5년이나 지난 일인 데다 감사 인사라면 이미 실컷 들었다. 리안은 두 손을 저으며 사양했다.

"두 녀석의 사이가 회복되고 묘인국에도 많은 변화가 있었습니다. 무엇보다 아신이 샤하의 후계자로서 능력 발휘를 아주 제대로 하고 있지요. 난 그것이 당신 덕분이라고 생각합니다."

"큰 도움을 받은 것은 오히려 제 쪽입니다. 아신 님의 역량이 뛰어남을 누구보다 잘 아실 것 아닙니까? 과찬은 접어주십시오."

처음 아사를 살린 것 말고는 리안은 별로 한 것이 없었다. 오히려 맥카시 전 공작을 처리할 때 아신의 도움으로 수월하게 일을 마무리할 수 있었다. 고마워해야 할 건 리안도 마찬가지였다.

"듣던 대로 매우 겸손하시군요. 아신과 아사의 심정을 왠지 알 것 같습니다."

"네?"

"이 나이가 되면 생각보다 많은 것들이 보이지요. 오늘 시간이 아깝지가 않아서 다행입니다."

기분 탓일까?

아게르의 시선이 한결 부드러워진 느낌이었다. 분명 처음부터 호감이 서려 있긴 했지만, 지금과 같은 분위기는 아니었다. 그의 눈빛은 마치 이전의 아신을 보는 것 같았다.

"주인님, 아신 님께서 오시고 계십니다."

리안이 막 아신을 떠올릴 때, 신기하게도 시종이 그의 방문을 예고했다. 그것에 리안이 반가워한 반면 아게르는 눈살을 찌푸렸다.

"오늘 그 녀석과 약속은 없으니, 여기 계신 손님 때문이겠군."

"모시고 오는 동안 마주친 이가 몇 있었습니다. 아무래도 아신 님께 전달이 된 듯합니다."

"바쁘다는 핑계로 얼굴도 자주 안 비치던 녀석이 단박에 여기까지 오다니, 아무래도 당신을 많이 보고 싶었던 모양입니다."

말투에는 서운함이 배어 있었지만, 그의 표정은 웃고 있었다. 이유는 몰라도 그는 작금의 상황이 즐거워 보였다.

"내게 뭐라고 할지가 궁금하군."

아게르가 혼잣말을 내뱉는 것과 동시에 아신이 등장했

다. 그의 뒤에는 여전히 사드가 그림자처럼 따르고 있었다.

"아신 님."

리안은 반가움에 웃으면서 자리에서 일어났다. 그런 리안을 말없이 쓱 살핀 후 아신이 숙부에게 인사했다.

"저 왔습니다."

"앉거라."

아신이 순순히 아게르의 옆으로 가 앉았다. 나란히 앉은 그들의 모습에 리안은 묘한 기분이 들었다. 아게르가 나이가 좀 더 들어 보이긴 했지만, 쌍둥이라고 해도 믿을 만큼 너무나 똑같았기 때문이다.

아신이 아게르의 자식이라는 소문이 퍼진 것도 당연했다. 리안이라도 믿었을 것 같았다.

"어찌 된 것입니까?"

"첫마디가 그거일 줄 알았지. 별일 아니다. 그냥 내가 궁금해서 초대한 것이다."

"궁금하셨다고요?"

"묘인국에서 소문이 자자한데, 여태 난 한 번도 본 적이 없지 않으냐. 예를 갖춰 대하였으니 넌 걱정할 것 없다."

"그런 걱정은 하지 않았습니다. 단지 의아했을 뿐입니다."

원로로 활동하고 있지만 아게르의 삶은 매우 조용한 편이었다. 그는 특별히 어딘가를 가지도 않을뿐더러 누군가를 만나는 것도 드물었다.

"나라고 매일 혼자 지내란 법은 없다. 네 녀석을 보기 위해서라도 자주 좀 모셔야겠구나."

"일이 많았습니다."

"아리 볼 시간은 있고, 이 숙부 만날 시간은 없는 게냐?"

정곡을 찌르는 질문에 아신이 입을 다물었다. 표정에 별다른 변화는 없었지만, 느낌상 왠지 좀 찔려 보였다.

"그러고 보니 우리 아리는 보았습니까?"

아신에게 살짝 눈을 흘긴 뒤 아게르가 리안에게 물었다.

"아니요. 그분이 누구이신지……?"

이름이 '아'로 시작한다는 건 왕족이라는 뜻인데, 리안은 처음 듣는 이름이었다.

"아사에게 듣지 못했나?"

아신이 이상하다는 듯 리안을 쳐다봤다.

"네, 특별한 얘기 없었습니다. 제가 꼭 알아야 하는 분인가요?"

"그건 아니지만, 그 녀석이 말을 안 했다니 퍽 이상하군."

"그게 아마 화가 나서 그랬을 겁니다. 제가 온 것도 그래서입니다."

아신의 이마가 처음으로 꿈틀했다. 하지만 상대가 리안이니만큼 특별히 이유를 묻지는 않았다.

"아사 녀석이 원래 잘 삐치고는 하지. 아리는 지난주에 태어난 나의 세 번째 조카입니다."

'세 번째 조카?'

리안의 눈이 휘둥그레졌다.

"샤하께서 얼마 전 새로운 부인을 맞으셨습니다."

"그 말씀은…… 아사에게 동생이 생겼다는 뜻인가요?"

"어여쁜 여동생입니다."

뜻밖의 소식에 잠시 멍했지만 리안은 곧 활짝 웃었다.

"아사의 소원이 이루어졌군요. 하하, 축하드립니다. 아신 님, 기쁘시겠어요!"

늘 여동생이 생기길 바라던 녀석이었다. 이런 기쁜 소식을 전하지 않은 게 조금 얄미웠지만, 화가 난 상태이니 이해하기로 했다. 리안은 진심으로 아신에게 축하를 표했다.

"여아라서 그런지 느낌이 좀 다르긴 하더군. 보러 가겠나?"

"제가 가도 되겠습니까?"

"당연히."

애써 무심한 척하고 있을 뿐, 아신의 얼굴에는 은근 자랑하고 싶은 기색이 역력했다.

리안도 궁금했다. 아신과 아사의 여동생. 얼마나 귀엽고 깜찍할까?

둘의 동생이라면 리안에게도 동생이나 마찬가지였다. 새로운 동생을 당장 만나고 싶었다.

"아사 녀석도 그곳에 있을 겁니다."

아게르의 예상은 정확했다. 리안이 아신을 따라 별궁에 도착했을 때, 화가 나 토라졌다는 아사의 모습은 찾을 수가 없었다.

그저 하트가 쏟아질 것 같은 눈으로 입을 벌린 채 아리를 바라보고 있는 아사만이 있을 뿐이었다.

장담하는데, 녀석은 화가 난 게 아니라 동생이 보고 싶어서 온 게 틀림없었다.

*　　　*　　　*

"아사!"

아리에게 정신이 팔린 나머지 손님이 온 것도 모르고 있었다. 리안의 음성이 몇 번 반복되고서야 아사가 겨우 고개를 돌렸다.

"어라? 리안, 여긴 어쩐 일이야?"

리안의 예고 없는 방문에 아사가 깜짝 놀랐다. 일정대로라면 당연히 이곳이 아니라 황궁에 있어야 하기 때문이다.

"오늘 라이언 생일 아니었어?"

"맞아."

"그런데?"

"엘한테서 네가 화난 것 같다고 들었거든. 근데 와 보니까 아닌 것 같네."

"아, 맞다!"

그만 깜박했다. 아리를 만나기 전까지 본인이 화가 난 상태였음을 아사가 뒤늦게 깨닫고 새침한 표정을 지었다.

"흥!"

'이미 늦었거든?'

리안은 어이가 없으면서도 피식 웃음이 났다. 언제나 그렇지만 녀석에게는 화를 낼 수가 없었다.

"무슨 일인데 그래?"

아신이 요람으로 다가가 동생을 살피며 아사에게 물었다. 요람 속 풍경이 리안에게 보이진 않았지만, 하나는 확실히 알았다.

아사만큼이나 아신도 어린 여동생에게 푹 빠져있다는 걸.

리안은 지금처럼 다정하고 부드러운 아신의 모습을 본 적이 없었다.

"이게 다 말꼬랑지 때문이야!"

"그자라면 선조가 드래곤의 가디언이었다던 자를 말하는 거니?"

"응, 형! 그 자식이 자꾸 리안이랑 같이 못 자게 하잖아! 진짜 짜증 나서 돌아버리는 줄 알았다니까! 아니, 자기가 뭔데 지랄이냐고…… 어? 근데 오늘은 말꼬랑지가 없네?"

리안이 가는 곳이라면 어디든 따라붙는 차이였다. 아사가 휙휙 사방을 훑었다.

"리안, 말꼬랑지 또 수면기야?"

리안 곁에 차이가 없다는 건 그가 수면기란 뜻이었고, 그때가 아사에겐 최대의 호기였다. 녀석의 눈동자에서 빛이 났다.

"아니, 잠시 레어에 갔어."

"레어에?"

실망감도 잠시 아사의 고개가 갸웃했다. 어떤 상황에서도 리안 옆을 떠나지 않고 지키는 차이가 아니던가. 덕분에 아사의 동침(?) 계획은 언제나 실패로 돌아가고 있었다.

"내니 님이 아픈 모양이야."

"내니라면 그 말 많던 할머니?"

재작년 리안과 함께 차이의 레어에 갔을 때 아사도 만난 적이 있었다. 서 있는 게 신기할 정도로 삐쩍 마른 노파가 어찌나 우렁찬 목소리를 내뱉던지 귀가 아파서 죽는 줄 알았다.

"어디가 아픈데? 리안이 치료해 주면 되잖아."

"연로하신 분은 나도 어쩔 수가 없어. 그저 조금 편안하게 해드리는 정도밖에는. 그건 차이도 충분히 할 수 있는 일이고."

"말꼬랑지가 그런 것도 할 줄 알아? 쳇, 재주도 많네."

차이에 대한 것이라면 뭐든 고깝게 느껴지는 녀석이었다. 생각만으로도 짜증이 인다는 듯 아사가 얼굴 가득 인상을 썼다.

"아사, 너 사실 삐친 거 아니지?"

"……뭣?"

뜨끔해하는 게 눈에 확 보였다. 애써 표정 관리를 하는 듯했지만 녀석은 원래가 거짓말을 잘 못했다.

"동생이 보고 싶어서 그냥 화난 척 굴었던 거지? 그치?"

"아, 아니거든! 말꼬랑지 때문에 내가 얼마나 화가 났는데! 그리고 나 리안 너한테도 엄청 서운해!"

"나한테도?"

"그래! 말꼬랑지 자식이 날 방해하는 데도 아무 소리도 안 했잖아! 그 자식은 네 말만 듣는데, 좀 물러나라고 하면 어디 덧나냐?"

"그 얘기라면 남자끼리는 같이 자는 거 아니라고 수없이 말했고, 아사 너도 받아들였잖아. 새삼스럽게 왜 그래? 그냥 솔직하게 말해. 사실은 동생이 보고 싶어서 왔다고. 난 괜찮아."

"나 참, 아니라니까! 나 리안한테 화나서 온 거라니까! 왜 내 말을 못 믿어? 우와, 진짜 미치겠네!"

억울하다는 듯 아사가 방방 뛰었다. 사실을 말한다고 해서 무슨 일이 나는 것도 아닌데, 녀석이 거세게 손을 휘저어가며 극구 부정했다.

묘인족 하나 살리는 셈 치고 리안은 그냥 져주기로 했다.

"알았어. 알았으니까 그만 진정해. 많이 서운했다면 그것도 내가 사과할게. 차이한테도 밤마다 보초 서지 말라고 하면 되는 거지?"

"진짜? 진짜 그럴 거야, 리안?"

"대신 아주 가끔만 찾아오기다. 자주는 안 돼. 그럴 수 있지?"

"응! 응! 그렇게! 일주일에 한 번 아니, 한 달에 한 번!"

리안이 눈썹을 찌푸리자 아사가 중간에 잽싸게 말을 바

꿨다.

"그래, 한 달에 한 번. 약속 꼭 지켜야 한다?"

"그럼! 난 약속은 꼭 지키잖아. 그치, 형?"

아사가 도움을 요청하자 아신이 웃으며 고개를 끄덕였다.

"내가 보증하지."

"아신 님께서 보증까지 했으니 믿는 수밖에 없겠군요. 고맙습니다."

아신 덕분에 아사가 약속을 어길 시 대처할 방법이 생겼다. 형의 보증을 들먹이면 아무리 녀석이라도 억지를 부리지 못할 것이다. 리안의 생각이지만, 아마도 아신은 그걸 염두하고 말한 것 같았다.

"아싸! 이제 리안이랑 잘 수 있다! 으히히, 말꼬랑지가 없으니까 더 신이 나는걸!"

그동안 리안에게 들러붙던 차이가 얼마나 징글징글했던지, 아사는 속이 다 후련했다.

"오늘은 특별히 아사하고만 놀아줄게. 그러니 완전히 마음 푸는 거다. 알았지?"

"응! 응! 리안, 고마워!"

녀석이 리안의 가슴에 볼을 대고 사정없이 비볐다. 그런 녀석에게선 연신 알아듣기 힘든 소리가 흘러나왔다.

"그런데 나한테 동생은 언제 소개해줄 거야? 너무 늦

는 거 아니야?"

"아차차차! 미안, 미안. 내가 깜박했네. 이리 와봐, 리안."

동생 얘기에 아사의 정신이 번쩍 돌아왔다. 녀석이 리안의 손을 잡고 아리가 자고 있는 요람으로 데려갔다.

"얘가 나의 새로운 동생이야. 이름은 아리. 어때? 예쁘지? 완전 귀엽지?"

"응……."

리안은 간신히 대꾸했다.

작디작은 은빛의 고양이. 아리를 본 순간 리안은 그대로 시선을 빼앗겼다.

새끼 고양이를 한 번도 본 적 없는 리안에게 아리는 하나의 충격과도 같았다. 리안은 아사가 그랬던 것처럼 멍하니 입을 벌린 채 아리를 내려다보았다.

"인간 모습일 때는 더 이쁘다? 조물조물 움직이는 거 보면 대박 신기해."

"털빛이 아사 너와는 달라. 아신 님과도 다르고. 어머니 되시는 분의 영향인가?"

"응, 아미레 님과 똑같이 생겼어. 반짝반짝한 게 꼭 구슬 같지?"

둥글게 몸을 말고 자는 모습이 정말 그랬다. 숨 쉴 때마다 오르락내리락하는 움직임만 없었다면 인형이라고 착각할 뻔했다.

"눈 뜬 모습은 또 얼마나 예쁘다고. 이제 좀 깨어날 때가 된 것 같은데……."

어여쁜 동생의 모습을 리안에게 꼭 보여주고 싶었다. 아사가 요람 속으로 손을 넣어 아리를 살짝 건드렸다.

"일어나봐, 아리야. 오빠 왔어."

아사의 입에서 '오빠'란 말이 나오는 게 리안은 어쩐지 어색했다. 녀석은 아신에게나 그에게나 언제나 응석을 부리는 쪽이었다. 그랬던 녀석이 동생의 어리광을 받아줄 것을 상상하자 기분이 묘해진다.

"히힛, 깨어난다!"

아사가 쓰다듬자 아리가 꿈틀거렸다. 새로 생긴 여동생이 궁금한 건 아신도 마찬가지. 그가 슬쩍 옆으로 다가왔다.

"아리, 아리. 눈도 떠야지!"

세 남자의 허리가 점점 밑으로 숙여졌다.

"뜬다, 뜬다. 떠!"

아사의 중얼거림이 마치 주문 같았다. 아리가 작은 몸을 비틀며 서서히 감았던 눈을 떴다.

'와아!'

리안은 속으로 탄성을 내질렀다. 이처럼 진하고 맑은 눈빛은 처음이었다. 마치 깊은 바닷속에 들어가 있는 듯

한 기분이었다.

끔벅끔벅.

짙은 푸른색 눈동자가 아사, 리안, 아신을 차례대로 훑었다.

모두가 긴장하던 그 순간!

"하아악!"

별안간 아리가 입을 벌리며 이상한 소리를 냈다. 매우 작은 소리였지만, 인간인 리안이 보기에도 몹시 불쾌한 뜻임을 단박에 알 수 있었다.

"쿡쿡, 우리 아리 벌써부터 하악질이네? 귀엽다, 귀여워!"

리안이 물러선 것과 달리 형제는 용감했다. 아사가 킥킥거리며 손을 뻗어 동생을 달랬다.

"오빠들이 와서 놀랬구나? 괜찮아, 괜찮아. 아리 보고 싶어서 온 거야. 우리 아리가 얼마나 잘 크고 있나 궁금해서 말이야."

아사가 의젓해질 수도 있다는 걸 리안은 오늘에야 알았다. 어색하긴 했지만 생각보다 잘 어울린다고 리안이 느끼는 찰나, 갑자기 어디선가 휘이잉 바람이 불었다.

'실내에서 웬 바람이지?'

제법 세기가 강해서 작은 물건들이 들썩였지만, 바닥으로 떨어지거나 부서진 것들은 없었다.

"형, 이거……?"

인간인 리안이 별일 아니라 여기며 넘어가려는 것과 달리, 아사가 놀란 얼굴로 형을 바라봤다.

"……."

말없이 아리를 쳐다보고 있는 아신 역시 어쩐지 표정이 심각해 보였다.

'설마?'

리안은 그때야 알아차렸다. 방금 전의 바람. 그것은 그냥 생긴 것이 아니었다.

"하악!"

요람 속에서 연신 오빠들을 향해 하악질을 하고 있는 아기 고양이.

녀석이 부린 권능이었던 것이다.

"맞지, 형? 아리가 한 거지?"

"그런 것 같다."

"우아! 태어난 지 얼마 되지도 않은 게 벌써 권능을 부리다니! 우리 아리 천재 아니야?"

"글쎄."

"형도 그랬다면서! 그럼 아리도 형처럼 무지 똑똑하고 강하게 크겠다. 그치? 그치?"

벌써부터 권능을 부리는 아리가 대견한 듯 아사가 흥분해 소리쳤다. 뒤늦게 생긴 귀여운 여동생에게 특별한 능력이 있다는 건 오빠인 아사를 즐겁게 하기에 충분했다.

"리안, 우리 아리 대단하지 않아? 나도 이 나이 땐 못 했거든!"

"그래?"

"응, 힘을 지니고만 있었지 발휘하지는 못했어. 두세 살인가? 아마 그때쯤 처음 사용했던 것 같아. 하지만 형은 아니다! 우리 형은 태어나자마자 권능을 부려서 원로들을 다 깜짝 놀라게 했다니까! 그 일화는 묘인국에서 아주 유명해!"

어느새 자랑이 형에게로 옮겨갔다. 아사가 아신을 자랑스러운 눈으로 쳐다보며 옛날 얘기를 꺼냈다. 그걸 듣고 있자니 리안은 갑자기 엉뚱한 생각이 들었다.

'아신 님의 아기 시절?'

한 번도 해보지 않은 생각이었다. 그도 아기였던 적이 당연히 있었을 텐데, 그것을 상상하자 리안은 어쩐지 말이 안 되는 것 같았다.

아장아장 걸어 다니는 아신이라니. 지금의 아신과는 전혀 어울리지 않았다.

"묘인국의 경사로구나!"

아사가 덩실덩실 춤까지 춰가며 실내를 한 바퀴 돌았다.

"아리야, 얼른 커라! 그래서 이 오빠랑 인간 세상으로 같이 놀러 가자!"

기쁨을 주체하지 못한 녀석이 아리에게로 쪼르르 달려가 입술을 내밀었다.

"하악!"

당연히 아리의 하악질은 계속되었고, 구석에서 보다 못한 시녀 둘이 황급히 다가와 아리를 안아 들었다.

"내가 싫은 건가?"

시녀의 품에 얌전히 안기는 아리가 아사는 그저 신기했다.

"왜 오빠를 몰라보지? 난 형 한 번에 알아봤었는데."

"놀라서 그랬을 거야. 자다가 막 일어났잖아. 아기들은 원래 그래, 아사."

"그치? 내가 싫어서 그러는 건 아니지?"

시녀 하나가 등을 돌리고 아리에게 젖을 먹였다. 그 모습을 다가가 보고 싶은 걸 아사는 주먹을 꽉 쥐고 참았다.

바야흐로 여동생 바보가 탄생하는 순간이었다.

*   *   *

"정말 아름답다."

리안은 아사와 함께 석탑에 올라 저물어가는 해를 바라

보았다. 석양에 물든 저녁노을 속으로 떼 지어 날아가는 새들이 리안의 감성을 자극했다.

"고마워, 아사. 덕분에 이런 좋은 곳도 와보고. 여기가 전에 말했던 곳이지?"

"응, 여긴 형이 머무는 곳이야. 그치만 이 탑은 내 거다."

"아신 님이 만들어주셨다면서. 부러운걸?"

"내 이름도 새겨져 있어. 저 밑에 있는데 보러 갈래?"

"아니, 좀 더 있고 싶어. 있다가."

오랜만에 찾아온 여유였다. 아사로 인해 어쩔 수 없이 만들게 된 여유지만, 리안은 지금 이 순간을 즐기고 싶었다.

"그러고 보니 리안, 생일 파티는 어땠어? 아리만 아니면 나도 가보는 건데."

"파티가 다 그렇지 뭐. 작년엔 아사도 가봤잖아. 비슷했어."

작년 라이언의 생일도 황궁에서 성대하게 치러졌다. 한 살 더 늘어난 나이 덕분에 선물의 질과 양이 늘어났다는 것만 빼면 변한 건 거의 없었다.

"혹시 내가 안 가서 레지나가 섭섭해 한 건 아니지?"

"그게 걱정됐어?"

"응, 조금. 사실 그거 때문에 고민 많이 했거든."

새로 태어난 여동생을 보러 가느냐, 레지나의 아들인 라이언의 생일에 가느냐. 아사에게는 일생일대 최대의 고민이었다.

　"염려 마. 아사 네가 안 보여서 이상하게 생각은 했겠지만, 화가 나거나 하지는 않았을 거야. 레지나가 그런 성격도 아니거니와, 지금은 아이들 돌보느라 정신이 없거든."

　"멜로디 때문이지? 내가 볼 때 라이언은 괜찮은데, 걔가 문제야. 어릴 땐 귀여웠는데 커갈수록 이상해지는 게 꼭 흰머리 같다니까?"

　멜로디 얘기가 나오자 갑자기 아사가 열변을 토했다.

　"라키 같다니?"

　"쪼그만 게 성질이 보통이 아니잖아! 나한테 얼마나 까칠하게 구는지 알아? 막 고양이로 변신해 보라고 하고. 내가 진짜 어이가 없어서."

　리안은 처음 듣는 얘기였다.

　"멜로디가 그랬어?"

　"그래! 흰머리 자식도 예전에 나만 보면 그랬었잖아. 리안, 기억나지? 둘이 완전 똑같아!"

　아사와 라키아는 처음부터 사이가 좋지 못했다. 그건 아사를 대놓고 동물 취급하던 라키아의 탓이 컸는데, 그는 아사를 볼 때마다 고양이로 변신해 보라며 놀리곤 했었다.

딴에는 변신 과정이 흥미로워서였다고는 하나, 그것이 당사자인 아사에겐 핑계가 될 수 없을뿐더러 기분이 풀릴 리도 만무했다.

"라키가 짓궂게 군 건 사실이지만, 멜로디는 좀 다르지 않을까? 아직 어려서 호기심에 그런 걸 거야."

"쳇, 호기심? 멜로디 걔가 레지나랑 리안 닮아서 얼마나 똑똑한데! 분명 나 놀리려고 그런 거라고. 아니면 흰머리 자식이 시켰는지도 몰라."

"아사, 그건 억지야. 라키가 뭐 하러 그런 걸 시키겠어? 멜로디가 시킨다고 할 아이도 아니고."

"그치만 난 멜로디를 보면 흰머리 자식 어릴 때를 보는 기분인걸? 멜로디는 리안이랑 똑같이 생겼는데, 왜 성격은 하나도 안 비슷할까? 그러면 내가 진짜 예뻐했을 텐데."

리안이 요즘 꽤 자주 듣는 말이 바로 그거였다. 리안이 느끼기엔 전혀 문젯거리가 아님에도, 그를 닮았다는 이유만으로 이곳저곳에서 우려의 목소리가 들려왔다. 그 점이 리안은 안타깝고 미안했다.

"그보다 일은 끝낸 거야?"

"대충은."

"우아, 그럼 이제 레어 개방하는 건가?"

"다음 주 정도에는 아마 시작할 것 같아."

"사람들 되게 좋아하겠다! 맨날 난리였잖아. 레어에 가보고 싶다고. 소원들 풀겠네. 쿡쿡."

리안을 근래 가장 바쁘게 했던 업무 중 하나가 레어의 관광화 작업이었다. 리안으로 인해 어쩔 수 없이 드러나게 된 레어의 존재는 너도나도 사람들을 컴프턴 산맥으로 불러들였다.

아무리 경고를 하고 겁을 주어도 소용없었다. 레어에 대한 사람들의 막연한 환상은 리안의 예상을 훨씬 뛰어넘었다.

그래서 리안은 고민 끝에 세이프리드의 레어를 관광화하기로 전격 결정했다.

물론 레어 전체를 공개하는 것은 아니었다. 치유홀과 같은 문제가 될 만한 곳과 리안이 마법을 연구하고 수련하는 개인적 공간은 사전에 출입 금지 구역으로 지정하고 마법으로 차단해 놓았다.

산 전체를 아우를 정도로 큰 레어였기에 그것들을 제외한다 해도 볼거리는 풍성했다. 아직 개장 전이라 장담할 순 없지만, 레어 사업 또한 리안에게 막대한 수입을 안겨 줄 것이 분명했다.

"세이프리드도 하늘에서 좋아하겠다."

리안이 가장 고뇌했던 부분이 그거였다. 레어는 리안의

것만이 아니었다. 세이프리드가 모든 것을 물려주었지만 리안은 온전히 자신의 것으로 생각한 적이 한 번도 없었다.

"정말 그럴까?"

"아직도 걱정되는 거야?"

"응, 여전히 모르겠어."

리안의 표정이 눈에 띄게 침울해졌다. 전부터 느꼈지만 세이프리드에 관해서 리안은 이상할 정도로 자신감이 없었다.

보다 못한 아사가 나섰다.

"리안, 전에 리안이 그랬지? 생명의 숲에서 세이프리드를 만났을 때 그가 고맙다고 했다고."

"응, 그랬지."

"헤어질 때 웃으면서 덕분에 마지막이 행복하다고."

"맞아. 근데, 왜?"

뜬금없이 그때의 이야기는 왜 꺼내는지 모르겠다는 얼굴로 쳐다보자 아사가 말했다.

"그럼 괜찮을 거야. 그건 곧 리안을 믿는다는 얘기거든."

"날 믿어?"

"믿으니까 고맙고 행복할 수 있는 거야. 생각해봐. 날 고맙고 행복하게 해주는 상대인데 당연히 믿음이 가지 않겠어? 그러니까 너무 걱정하지 마. 세이프리드는 분명 리안이 앞으로 어떤 결정을 하든 웃으며 지지할 테니까."

동생이 생기더니 그새 철이 든 걸까?

너무도 의연히 자신을 위로하는 아사 때문에 리안은 세이프리드에 대한 염려도 잠시 접고 말았다.

방금 전 자신이 들은 게 아사의 입에서 나왔다는 사실이 믿기지가 않았다.

"표정이 왜 그래?"

"⋯⋯어?"

"날 마치 귀신 보듯 하고 있잖아. 내 얘기는 들은 거야?"

"으응, 들었지. 고마워, 아사. 그렇게 말해줘서."

뭐가 어찌 되었든 고마운 건 사실이었다. 설득력도 있어서 리안은 한결 마음이 편해지기도 했다.

"아사."

그때였다. 탑 아래에서 불쑥 아신의 목소리가 들려왔다. 어느새 시간이 지났는지 노을은 사라지고 땅거미가 찾아들고 있었다.

"⋯⋯엘?"

밑을 향하던 리안과 아사의 눈이 커졌다. 아닌 게 아니라 아신 옆에 당연히 있어야 할 사드 대신 엘이 있었기 때문이다.

"엘, 여기엔 무슨 일……!"

의아함은 잠시였다. 리안의 커진 눈이 엘의 옷차림을 본 순간 굳어졌다. 헤어질 때만 하더라도 화려한 드레스 차림이던 그녀가 검은색 정장을 입고 있었던 것이다.

그것은 그녀의 평소 복장과 거리가 멀었고, 무엇보다 안색이 좋지 않았다. 왠지 모를 불길함이 리안을 엄습했다.

"무슨 일이죠?"

"지금 당장 가보셔야 할 것 같습니다."

"어디를 말입니까?"

재차 묻는 리안에게 엘이 머뭇거리다 답했다.

"내니 님께서 돌아가셨습니다."

제4화

죽음이란

리안이 황도에 도착했을 땐 모두가 준비를 마친 상태였다. 라키아와 비앙카가 침통한 표정으로 리안을 기다리고 있었다.

"옷 갈아입고 나올게."

아사를 남겨둔 채 리안이 방으로 들어섰다. 커다란 침대 위에 까만색 양복이 덩그러니 놓여 있었다.

"……."

재킷을 벗다 말고 리안은 우두커니 섰다.

가야 할 곳을 알기 때문인지, 오늘따라 검은색 양복이 매우 낯설게 느껴졌다.

리안은 아직 이별을 경험해보지 못했다. 새로운 삶을 얻은 이후로 그의 곁에는 항상 사람들이 넘쳤다. 가족은 물론이고 측근 중 누구도 잃어본 적이 없었다.

하지만 차이는 아니다. 오랜 세월을 살아온 그는 이미 많은 죽음을 보고 경험했다.

언젠가 차이가 말했었다. 인생을 함께한 이들이 죽어가는 것을 본다는 건 세상에서 가장 힘든 일이라고. 아무리 시간이 지나도 죽음에는 익숙해지지 않는다고.

내니는 차이에게 어머니이자 누이 같은 사람이었다. 내니가 태어난 순간부터 함께였던 그들은 주인과 수하이기 이전에 가족이었다.

차이가 말은 안 했어도 내니를 얼마나 소중히 여기는지 리안은 알고 있었다. 그녀의 건강에 이상이 생겼다는 전갈만 들으면 득달같이 달려가서 확인하고 돌아오는 모습을 여러 번 목격했다.

이번에도 전처럼 가벼운 증상이겠거니 했는데, 그만 이겨내지 못하고 영영 떠나고 말았다.

"차이……."

그의 슬픔이 어느 정도일지 리안은 감히 짐작조차 하지 못했다. 차이를 보면 어떤 말로 위로해야 할지 아무것도 떠오르지 않았다. 머릿속이 마치 텅 빈 껍데기가 된 것 같았다.

똑똑.

얼마니 멍하니 서 있었던 것일까. 재촉하는 노크 소리에 리안은 주섬주섬 옷을 갈아입었다. 그의 몸에 검은 빛깔이 늘어갈수록 마음도 점점 무거워졌다.

"미안. 내가 좀 늦었지?"

"아니야."

아사가 시무룩하니 고개를 저었다. 다른 때였다면 한마디 하고도 남았을 라키아도 묵묵히 자리에서 일어날 뿐, 입조차 벙긋 안 했다.

"출발할게."

마법을 시전하는 리안의 음성이 어느 때보다 쓸쓸하게 성내에 울려 퍼졌다.

*   *   *

차이의 레어는 언제나 조용한 편이었다. 리안의 본성처럼 일하는 이들도 많지 않은 데다 손님이 오는 경우도 드물기 때문이다.

그리고 그건 장례식이라고 다르지 않았다. 오히려 무거운 공기가 사방을 짓누르며 평소보다 더한 적막감이 흘렀다.

"오셨습니까."

일행을 맞은 건 세자르였다. 평소와 다름없는 깔끔한 차림이지만, 모습은 눈에 띄게 수척했다.

"차이는요?"

"내니 님 방에 계십니다."

세자르의 안내를 받아 간 곳은 레어의 맨 꼭대기였다. 계단을 오르고 또 오른 끝에 다락방 같은 작은 나무문 앞에 도착할 수 있었다.

"라파스 씨."

그곳에는 라파스 말고도 암버드를 몰던 아이작이 함께 있었다. 밤새 울기라도 한 듯 둘 모두 눈이 팅팅 부어 있었다.

"천 쪼가리, 괜찮아?"

아사가 안면이 있는 라파스에게 다가가 손을 잡았다. 이런 상황에서도 라파스를 부르는 아사의 호칭은 달라지지 않았다(물론 아무도 신경 쓰지 않았다).

"와주셔서 감사합니다."

그동안은 늘 적적한 장례식을 보내곤 했었다. 몇 사람이라도 더 내니가 떠나는 것을 봐준다면 그녀가 덜 외로울 것이다.

"힘내세요."

비앙카의 위로에 아이작이 희미하게 웃었다. 거칠어진 피부와 머릿결이 그의 심경을 대변하는 듯했다.

"들어가도 될까요?"

며칠째 내니의 방에서 꼼짝 않는 차이였다. 그를 나오게 할 수 있는 건 리안밖에 없었다. 라파스가 고개를 끄덕이며 문에서 비켜섰다.

"우린 여기서 기다릴게."

라키아가 한쪽 벽에 등을 기댔다.

"같이 안 들어가?"

"모시고 나와."

"응."

리안의 걸음이 문으로 향했고, 그런 그를 아사가 뒤쫓았다.

"야, 되다 만 고양이."

아사가 돌아보자 라키아가 턱짓했다.

"내 말 못 들었어? 넌 빠져."

"내가 왜?"

"너라면 후작님께 슬퍼하는 모습을 보이고 싶겠냐?"

아사의 입장에서 차이는 앙숙이나 마찬가지였다. 다른 사람이라면 몰라도 차이에게만큼은 들키고 싶지 않다.

"거봐. 이리 와서 얌전히 기다리기나 해."

"체! 알았다, 뭐."

라키아가 하라는 대로 하기는 죽기보다 싫었지만 이번은 특별한 경우였다. 아사가 터벅터벅 걸어와 순순히 라키아의 옆에 섰다.

그런 녀석에게 잠시 대견한 눈빛을 보낸 뒤 리안이 조심스레 방문을 열었다.

끼이익.

딸각.

삐걱거리며 열렸던 문이 다시 원래대로 돌아갔다.

실내는 매우 어두컴컴했다. 그러나 리안의 몸에서 새어 나오는 불빛으로 인해 사물을 보는 데에 지장은 없었다.

방안은 단출했다. 아담한 옷장과 책상, 탁자, 침대. 이 모든 게 전부 팔을 뻗으면 닿을 거리에 자리 잡고 있었다.

'차이……'

차이는 침대 옆 의자에 미동 없이 앉아 있었다. 리안이 왔다는 것을 아는지 모르는지 그는 침상 위 내니의 시신 만을 쳐다보고 있었다.

슬픔은 남겨진 자의 몫이라고 했던가.

차이가 온몸으로 아파하고 있다는 걸 리안은 보는 순간 알 수 있었다.

'내니 님.'

반면 내니는 죽었다는 게 실감이 안 갈 정도로 편안한 얼굴을 하고 있었다. 모르는 이가 보았다면 잠을 자고 있다고 생각할 만큼 평온해 보였다.

'차이가 잘 보내줬구나.'

그런 게 아니라면 저런 표정이 나올 수 없었다. 죽음이란 언제나 고통스럽다. 체험을 해보았기에 리안은 누구보다 잘 안다.

차이 덕분에 내니의 마지막이 행복할 수 있어서 다행이었다.

"차이."

리안은 용기를 내 차이에게 다가갔다. 그제야 리안의 방문을 알아차린 듯 차이가 움찔했다.

리안이 그의 어깨에 손을 얹었다. 어떤 말로도 위로할 수 없다는 걸 알고 있다. 그저 자신의 마음이 그에게 전해지길 바랄 뿐이다.

그렇게 얼마나 흘렀을까.

"후회가 됩니다."

차이가 불쑥 말을 뱉었다.

"후회라니?"

"더 많은 시간을 함께 있어주지 못해서요. 지루하다는 핑계로 너무 밖으로 돌았습니다."

긴 여생의 무료함을 벗어나고자 차이는 많은 여행을 했었다. 덕분에 리안을 만났으니 다행이기도 하지만, 그 탓에 내니와 많은 시간을 보내지 못했다. 그 점이 차이는 가장 미안했다.

"차이, 사람이라면 누구나 각자의 인생이 있는 거야. 괜한 자책하지 마. 몇십 년을 떨어져 지낸 것도 아니잖아."

"내니가 죽은 뒤에 깨달았습니다. 살면서 별로 해준 게 없다는 걸. 항상 받기만 했습니다."

나이로 치면 내니는 차이보다 한참이 어렸다. 하지만 언제나 챙김을 받는 쪽은 그녀가 아니라 차이였다.

"그게 내니 님이 해야 할 일이었잖아. 그렇게 따지면 나도 알만에게 해주는 게 아무것도 없는걸?"

"하지만……."

"차이, 날 봐."

리안이 차이의 양 뺨에 손을 대고 억지로 자신에게로 돌렸다.

"차이답지 않……!"

놀람 속에 음성이 파묻혔다. 차이가 울고 있었기 때문이다. 드러난 그의 검은 눈동자에서 눈물이 죽 흘러내렸다.

"보지 마십시오."

차이가 시선을 내리깔았다. 살면서 단 한 번도 누군가에게 우는 모습을 보여준 적 없었다. 아무리 리안이라도 들키고 싶지 않았다.

"미, 미안. 나도 모르게 그만……."

"사과하실 필요까지는 없습니다. 그냥 모른 척해주십시오."

차이가 뒤로 물러나며 얼굴을 훔쳤다.

눈물 탓일까? 항상 강하다고 여겨지던 차이가 오늘은 약하게만 느껴졌다.

"차이, 난 내니 님이 완전히 돌아가셨다고 생각하지 않아."

무슨 뜻이냐는 듯 차이의 고개가 들었다.

"비록 숨은 멈추셨지만, 차이에겐 내니 님과의 추억이 있어. 죽음은 육체의 끝이지, 관계의 끝은 아니야. 판에 박힌 말로 들리겠지만, 내니 님은 언제나 차이의 마음속에 있을 거야. 난 그렇게 믿어."

리안을 바라보는 차이의 눈은 여전히 혼란으로 가득했다. 하지만 그 혼란 속에서 리안은 좀 전과는 다른 빛을 분명하게 느꼈다.

"무엇보다 내니 님은 차이가 이러고 있기를 바라지 않으실 거야. 그녀의 호통 소리가 들리는 것 같지 않아?"

"주인님, 여기서 대체 뭐하시는 겁니까? 제가 죽었다고 기운 없이 계속 이러고 계실 건가요? 레어에 해야 할 일들이 얼마나 많은지 아십니까? 이러고 계실 시간이 없다고요!"

세자르에게 업무를 물려준 뒤로도 내니는 한시도 가만히 있지를 않았다. 그녀는 레어에서 차이에게 잔소리를 할 수 있는 유일한 사람이었고, 누구보다 이곳을 아끼고 사랑했다.

"저랑 한 약속 그새 다 잊으신 건 아니죠? 하늘나라 가서도 지켜보겠다는 말 농담 아닙니다. 정신 똑바로 차리셔야 해요!"

내니의 잔소리가 환청이 되어 차이의 귀를 파고들었다.

"차이! 차이! 괜찮아?"

내니와의 추억을 떠올리며 상념에 젖어 있던 차이가 이 상황에 정신을 차리고 리안을 찾았다.

"리안 님?"

"응?"

"방금 전 목소리가……?"

"아, 내가 아니야."

"……네?"

"저기. 손님이 오셨어."

리안이 웃으며 창가를 가리켰다. 천천히 창을 향해 몸

을 돌리던 차이의 눈이 둥그렇게 떠졌다.

"켄!"

"차이, 너 괜찮냐? 울지 않았어? 늦어서 정말 미안해!"

목소리의 주인공은 다름 아니라 켄이었다. 녀석이 열심히 날갯짓을 해가며 안을 들여다보고 있었다.

"내가 열어줄게."

차이를 대신해서 리안이 창가로 가 문을 열었다.

"차이이이이이이!"

창문이 완전히 열리기도 전이었다. 잠금 고리를 풀자마자 켄이 쏜살같이 날아 들어와 차이의 품에 안겼다.

아니, 박치기를 했다는 표현이 더 어울렸다. 어느 틈엔가 인간형의 모습으로 바꾼 켄이 차이를 얼싸안고 엉엉 울음을 터뜨렸다.

"내니, 어떡해! 크흐흐흑! 내니야······!"

녀석은 누구보다도 내니의 죽음을 슬퍼했다. 가족을 잃었을 때 대신 울어줄 친구가 있다는 건 행복한 일이라고 했다.

녀석처럼 함께 울어주지 못한 것에 리안은 갑자기 미안한 마음이 들었다.

*   *   *

이틀 후, 내니의 장례식이 치러졌다. 영원한 잠에 빠진 내니를 차마 옮기지 못하고 망설이던 차이를 설득한 것은 뜻밖에도 리안이 아니었다.

"내니는 언제나 하늘을 날고 싶어 했습니다."

굳은 어조의 주인공은 놀랍게도 인간이 아니라 조인족이었다.

켄의 동생이자 내니의 평생지기였던 로아 모로.

새로운 조인족의 등장에 다들 신기하다는 듯 그를 쳐다봤다. 그는 켄의 동생이라고 생각하기가 힘들 정도로 여러 면에서 형과 비교되었다.

일단 생김새부터가 완전히 달랐다.

켄이 다갈색 피부에 붉은 눈동자, 하얀 머리카락인 반면, 그는 하얀 피부에 파란 눈, 머리칼은 선명한 노랑 빛을 띠었다. 가지런히 정돈된 깃털 머리카락이 등을 덮고 있는 모습이 굉장히 신비하면서도 아름다웠다.

그는 조인족답게 목소리가 매우 맑고 투명했으며, 양쪽 위팔 부분에는 붉은색과 남색이 뒤섞인 기하학적인 문양이 새겨져 있었다.

"로아, 무슨 소리야? 갑자기 웬 하늘? 내니가 겁이 얼마나 많았는데."

내니가 차이를 따라 조인국을 처음 방문하던 날 그녀는 라디앙을 타고 비행하는 내내 소리를 꽥꽥 질렀었다.

"안 그래, 차이? 세자르, 너도 알지?"

"네, 켄 님."

로아를 응시한 채 세자르가 고개를 끄덕였다.

"거봐. 내 말 맞잖아."

"그래. 겁…… 많았지."

회상이라도 하듯 로아의 목소리가 잦아들었다.

"하지만 얼굴은 늘 웃고 있었어. 입으로는 무섭다고 비명을 지르면서도 말이야."

"네가 직접 등에 태웠단 거냐?"

"응, 만날 때마다 항상 하늘을 보고 싶어 했거든."

전혀 몰랐던 얘기였다. 내니와 로아가 서로 친하게 지낸 줄은 알았지만, 둘 사이에 그런 교류가 있었다는 건 이제야 알았다.

"나한테는 한 번도 그런 부탁한 적 없는데……."

괜스레 조금 서운해졌다. 알아온 세월이 무려 로아보다 15년을 앞서는 켄이 아닌가. 그의 입가가 불퉁하게 튀어 올랐다.

"차이 님께 내니의 친구로서 부탁드립니다. 내니의 유골을 저에게 주십시오."

"……화장을 하란 말인가?"

"내니가 바라던 것을 이뤄주고 싶지 않으십니까?"

"이미 돌아가셨는데 이제 와 무슨 소용입니까?"

들고 있자니 기가 막혔다. 세자르가 언성을 높이며 끼어들었다.

"화장은 조인족의 풍습입니다. 내니 님은 인간이니, 인간의 풍습을 따를 것입니다."

"맞습니다. 우리 조인국에선 죽음을 맞이하면 화장을 합니다. 그리고 그 재를 가장 높은 곳에 올라 하늘에 뿌리지요. 그 이유가 뭔지 아십니까?"

"로아, 너……!"

켄은 그제야 동생의 뜻을 알아챘다. 일행이 켄을 돌아볼 때, 로아가 덤덤히 말을 이었다.

"그래야 다시 조인족으로 태어날 수 있기 때문입니다. 바람에 실려 간 재가 하늘 먼 곳까지 날아오르면, 다음 생에도 반드시 조인족으로 태어난다고 우리는 믿습니다."

"그건 그냥 미신 아닙니까?"

듣고만 있던 라파스가 인상을 쓰며 내뱉자 켄이 버럭 소리쳤다.

"아니거든! 그건 진짜야! 미신 따위가 아니라고!"

그러고 보니 차이도 들어본 적 있었다. 인간인 그에게는 별로 중요한 얘기가 아니라서 그간 잊고 있었는데 이제야 생각났다.

"조인족으로 다시 태어날 수 있다는 건 굉장히 영광스

러운 일이야! 때문에 우리 조인국에선 장례식을 가장 신경 써서 치르기도 한다고! 알겠냐, 이 무식한 라파스 놈아?"

"말씀 중에 죄송하지만, 내니 님은 조인족이 아닙니다. 그 미신이 인간에게는 적용되지 않을 것 같습니다만."

"아이작, 너까지! 내가 미신 아니라고 했지!"

켄의 말소리가 커지자 실내가 웅웅 울렸다. 창문이라도 깨질까 싶어 리안은 재빨리 주변 전체를 실드로 둘러쌌다.

그걸 아는지 어쩐지 로아의 설득이 계속되었다.

"하늘을 날고 싶다는 건 조인족으로 태어나고 싶다는 것과 같습니다. 그녀가 소망을 이룰 수 있게 도와주십시오."

"……."

"내니를 다시 만나고 싶습니다. 그녀가 제 곁에 올 수 있도록 도와주세요. 부탁드립니다."

로아의 머리가 아래로 숙여졌다. 그가 간곡한 말투로 인간의 예절까지 사용해가며 주위를 놀라게 했다.

'아.'

리안은 그 순간 깨달았다. 내니와 로아. 그들은 단순한 친구 사이가 아니었다.

로아의 푸른 눈에 떠오른 건 연정이었고, 그 안엔 떠나

간 연인을 꼭 다시 만나고 싶은 바람이 깃들어 있었다.

차이의 표정이 복잡해졌다. 여전히 굳어 있지만 눈빛을 보면 리안은 알 수 있었다. 그의 까만 눈동자가 뚫어질 듯 로아를 응시했다.

'그랬었나?'

차이의 검은 눈동자는 언제나 진실을 볼 수 있었고, 그것은 지금도 가능했다.

'내니, 어째서……'

전혀 몰랐다. 내니와 로아가 서로에게 품었던 감정을 차이는 지금에야 알았다. 동갑내기로서 적당히 친하게 지내는 줄로만 알았었는데 그게 아니었다는 것에 충격이 제법 컸다.

인간과 조인족.

절대 이루어질 수 없다. 수명에서부터 너무 큰 차이가 있다.

'그래서 드러내놓고 표현조차 못 하고 떠나 버렸니.'

내니와 로아는 서로를 좋아했지만, 그것을 밝히고 나누지는 않았다. 그저 속으로만 여기고 바라보기만 하였다. 상대방의 마음을 눈치채고서도 둘은 변함없이 친구로서만 지냈다.

바보가 아니기에 그랬을 것이다.

조인족은 평생 하나의 반려자만을 바라보며 산다. 내니

가 죽으면 로아는 남은 세월을 홀로 살아가야 한다. 아마
도 내니는 그 점이 마음에 걸렸으리라. 그런 내니의 속을
로아도 알았던 것이고.

'정말 형편없는 주인이었군.'

자책의 연속이었다.

'내니에 대해서 모르는 게 또 있을까? 내가 아는 건 무
엇이지?'

차이의 낯빛이 어두워졌다. 내니를 잃었다는 충격이 다
가시기도 전에, 무거운 죄책감이 그를 짓눌렀다.

"……!"

따뜻한 온기가 전해진 것은 그때였다. 어느새 리안이
다가와 손을 포개고 있었다.

'괜찮아, 차이.'

그의 눈빛이 말했다.

내니에 대한 미안함을 완전히 떨쳐낼 수는 없었지만,
차이는 한결 마음이 차분해짐을 느꼈다.

"뜻대로 하지."

생각은 길지 않았다. 둘의 감정을 안 이상 모른 척할
수는 없었다. 늦게나마 내니가 원하던 것을 들어주고 싶
었다.

"주인님!"

세자르가 벌떡 일어났다. 내니는 그에게도 가족이었

다. 이번만큼은 차이의 결정을 따를 수 없었다.

"감사합니다."

로아가 기뻐하며 다시 한 번 고개를 숙였다.

"그래, 차이. 생각 잘했어. 내니가 하늘을 날고 싶다고 했으니 들어줘야지. 분명 조인국에서 다시 태어날 거야!"

켄이 그런 동생의 옆에서 손뼉을 치며 좋아했다. 라파스와 아이작이 인상을 쓰며 형제를 노려보았지만 둘은 신경조차 쓰지 않았다.

"내니가 바라던 거야, 세자르. 뜻대로 해주자."

"저는 전혀 모르는 이야기입니다. 주인님도 오늘 처음 안 사실이지 않습니까? 로아 님의 말씀만 듣고 그런 결정을 하시는 건 너무 성급한 처사이십니다!"

"세자르."

차이가 나지막이 수하의 이름을 불렀다. 별다른 말없이 쳐다보기만 할 뿐이었지만, 그것으로 충분했다.

차이의 검은 눈동자를 마주한 순간 세자르는 물론 라파스와 아이작까지 모두가 입을 다물었다.

블랙 드래곤의 각인.

그것은 그들에게 무엇보다 절대적이었다.

*　　*　　*

내니의 장례식은 케인산 정상, 절벽 앞에서 이뤄졌다. 준비는 전적으로 차이의 수하들이 맡았는데, 그들이 로아의 지시에 따라 화장에 필요한 재료들을 구해오면, 로아가 직접 정성스레 단을 쌓았다.

"단순히 불을 붙여 태우는 게 아닌가 봐요."

리안을 포함한 일행은 근처 바위에 모여 앉아 기다리고 있었다. 로아의 행동을 지켜보던 비앙카가 무심코 중얼거리자 누군가 답했다.

"그럼요. 조인족은 장례식을 매우 중하게 여기는 일족이랍니다. 화장에 필요한 재료를 모아 단을 쌓는 것부터가 그들에게는 신성한 의식이죠."

음성의 주인은 자수정의 요정, 하디였다. 그녀는 조금 전 내니의 장례식에 참석하기 위해 인간계로 넘어온 참이었다.

"조인족의 장례식을 본 적이 있나요?"

엘이 자신의 오른쪽 어깨를 내려다보며 물었다.

"네, 아주 오래전이지만요."

도도한 자태로 그곳을 차지하고 있던 하디가 갑자기 땅이 꺼지듯 한숨을 내쉬며 털썩 주저앉았다.

"하디? 무슨 고민 있어요?"

평소 자주 만나는 사이는 아니지만(지금껏 만난 횟수가 약 다섯 번 정도다), 엘과 하디는 꽤 친한 편이었다. 처음부터 둘은 스스럼없이 친구가 되었고, 만나면 늘 기분 좋은 대화를 나누곤 했었다.

"아니요. 그런 거 없어요."

"근데 왜 한숨을 쉬고 그래요. 아까 보니 후작님께 인사도 드리지 않던 것 같던데……."

하디는 분명 차이의 부름을 받고 온 것이었다. 그러나 어째선지 인사는커녕 내내 엘의 옆에 붙어 있었다.

"내니 님 때문이라면 너무 힘들어하지 마세요. 그건 내니 님도 원하지 않으실 겁니다."

"그래서 그런 거 아니에요."

"그럼요?"

엘이 다시 묻자 하디가 시무룩한 얼굴을 들었다.

"주인님이요. 주인님을 못 보겠어요."

"벌레 너 무슨 죄지었구나? 그치?"

잠자코 있던 아사가 불쑥 끼어들었다. 녀석이 차이 얘기에 귀를 쫑긋 세우더니 두 여자를 향해 아예 돌아섰다.

"다시는 그렇게 부르지 않기로 전에 약속하지 않았던가요?"

"그랬나?"

"네! 지금은 화내고 있을 때가 아니라서 그냥 넘어가지만, 다음번에는 진짜 참지 않을 테니 각오하세요!"

울상을 지을 땐 언제고 하디가 앙칼지게 소리쳤다.

"알았어, 안 그럴게. 거 되게 뭐라 그러네. 나도 깜박한 거야."

입버릇처럼 나왔을 뿐 아사도 작정하고 말한 것은 아니었다. 녀석이 반성하는 듯하자 하디가 털어놓았다.

"그게 말이죠. 다들 모르시겠지만 내니와 저는 사이가 별로 좋지 못했어요."

"알아. 서로 별로인 것 같더라."

"아신다고요? 어떻게요?"

"내니한테 말도 안 걸고 본체만체했잖아. 그게 싫어서 그런 거 아니었어?"

아사의 말에 하디가 놀란 듯 엘을 쳐다봤다. 엘도 알고 있었다는 듯한 표정을 짓자 하디가 입을 쩍 벌렸다. 마치 큰 치부라도 들킨 것처럼 그녀의 얼굴이 빨개졌다.

"근데 그게 왜? 그게 말꼬랑지랑 무슨 상관인데?"

그러거나 말거나 궁금한 것을 못 참는 성미답게 아사가 물었다.

"그거야 당연한 거 아니에요? 머리가 있다면 생각이라는 걸 좀 해보세요. 내니가 죽었잖아요. 전 내니와 사이가 나빴구요. 주인님이 절 보시면 기분이 어떠시겠어요?"

"기분?"

"그래요! 가뜩이나 내니를 특별하게 여기셨는데, 절 보는 게 좋으시겠냐고요. 화내지 않으시면 다행일 걸요?"

"이상하다. 말꼬랑지가 그런 성격은 아닐 텐데……."

아사는 잘 이해가 안 갔다. 이건 차이를 좋아하고 싫어하고의 문제가 아니었다. 내니가 죽은 건 누구의 탓도 아니다. 순리의 문제였다. 그러니 차이가 하디를 미워할 이유는 조금도 없었다.

"그런 걱정이라면 안 하셔도 될 겁니다."

차이는 일행과 멀리 떨어진 곳에서 등을 보인 채 서 있었다. 리안이 잠시 걱정스러운 눈길을 거두고 하디에게 말했다.

"하디 님을 이곳으로 부른 건 차이입니다. 화를 낼 거였다면 애초에 부르지도 않았겠죠."

"맞아요, 후작님은 그러실 분이 아니에요. 하디 님은 잘못한 게 없잖아요."

"차이가 하디 님을 부른 건, 내니 님의 장례식에 참석하길 원해서였을 겁니다. 그녀의 마지막 가는 길이 쓸쓸하지 않기를 바라면서요."

"사이가 좋지는 않았어도, 실제로 내니 님을 싫어했던 것은 아니죠, 하디?"

갑작스런 비앙카의 질문에 당황한 듯 하디가 눈 맞추기를 피했다. 제대로 정곡을 찌른 것 같았다.

"가서 따뜻한 말로 위로해 주십시오. 아마 우리보다 더 큰 위안이 될 겁니다."

목 놓아 우는 켄을 보며 리안은 그런 생각을 했었다. 지금이야 차이와 둘도 없는 사이가 되었지만, 함께한 기간을 따지면 고작 5년이 전부였다.

리안이 알지 못하는 차이의 지나온 세월. 켄과 하디는 그 길고 긴 시간을 차이의 곁에서 지내왔다.

내니를 잃은 이 순간, 차이를 가장 잘 이해할 이들은 그들이었고, 힘이 되어줄 것도 그들이었다.

쓸쓸한 판단이지만 그것은 리안으로서도 어쩔 수 없는, 받아들여야 할 부분이었다.

"다들 고마워요."

하디의 커다란 눈망울에 감동의 물결이 스쳤다. 그녀가 조금 망설이는 듯하더니 주먹을 불끈 쥐며 차이를 향해 날아갔다. 자주색 빛 가루가 궤적을 그리며 밤하늘을 아름답게 수놓았다.

리안의 예상대로 하디가 걱정할 일들은 일어나지 않았다. 어깨로 내려앉는 하디를 잠시 돌아봤을 뿐, 차이는 여전히 별달리 움직이지 않았다.

잠시 후, 드디어 장례식 준비가 모두 끝이 났다. 차곡차곡 쌓은 나뭇가지 위로 내니가 눈을 감은 채 누워 있었다. 언제 꺾어왔는지 내니의 몸 전체를 하얀 꽃들이 둘러싸고 있었다.

차이가 단으로 걸어갔다.

'차이……'

오늘따라 그의 뒷모습이 유달리 작게 느껴졌다. 그가 누구보다 장신이라는 걸 잘 알면서도 그 순간에는 마치 홀로 남겨진 어린아이를 보는 듯한 기분이었다.

'나도 그럴까?'

그것이 리안은 꼭 먼 미래의 자신을 보는 것 같아 두려웠다.

모두를 떠나보내고 홀로 남은 모습.

요즘 리안은 가끔 그런 상황을 꿈에서 맞닥뜨린다.

그럴 때마다 땀에 흠뻑 젖은 채 깨어나고는 하는데, 어쩔 땐 눈에 눈물이 맺혀있기도 했다.

'차이, 울지 마.'

보지 않아도 느껴졌다. 차이가 지금 가슴으로 울고 있다는 걸. 내니를 위해서 애써 견디고 있음을 리안뿐 아니라 모두가 알고 있었다.

휘이잉.

시간이 얼마나 지났는지 모르겠다. 정상에 닿는 바람의 세기가 점차 거칠어졌다. 밤하늘을 비추는 달빛 역시 유독 강렬한 빛을 내뿜었다.

미동 없던 차이가 단 아래 나뭇가지에 손을 뻗었다.

치이익.

스멀스멀 검은 연기가 피어오르더니 순식간에 화르르 불이 붙었다. 한순간에 단 전체가 불구덩이에 휩싸였다.

노래가 시작된 것은 그때였다.

켄과 로아가 타오르는 불길 앞에서 내니를 위한 노래를 불렀다.

여기 이곳에 그녀가 잠든다

슬펐던 기억은 지우고 행복한 추억만을 가진 채로

우리는 간절히 바란다

온전히 기쁨만을 간직한 채 그녀가 잠들기를

우리는 소원하고 열망한다

그녀가 다시금 우리 곁에 올 수 있기를

재가 되어 하늘 높이 날아간다

까만 재가 하늘의 끝자락에 닿으면 그녀가 올 것이다

우리는 웃으며 반갑게 그녀를 맞는다

오늘은 우리 모두에게 끝이 아니라 새로운 시작이다

이제까지와는 완전히 다른 분위기의 노래였다. 산 정상에 울려 퍼지는 장중한 노랫소리에 모두가 홀린 듯 매료되었다.

바람이 불었다. 활활 타오르는 불길 사이로 그 바람을 타고 재가 날아올랐다.

하늘로 치솟고, 절벽 아래로 떨어지고, 주위를 맴돌다
가 획 사라지고. 바람의 안내에 따라 인도에 따라 재가
여기저기로 흩날렸다.

리안은 줄곧 차이를 응시했다. 그는 한결 편안한 표정
이었다. 피곤한 기색이긴 했지만, 그 안에서 어쩐지 후련
함이 느껴졌다.

그동안 차이는 많은 수하를 떠나보냈다. 그러면서 터득
했으리라. 슬퍼할수록 남은 이들만 괴로워진다는 것을.

그리고 오늘 리안은 새로이 깨달았다.

훗날 자신에게 닥쳐올 미래. 그것이 생각보다 훨씬 괴
로울 것임을. 어쩌면 자신은 그것을 이겨내지 못할 수도
있음을 말이다.

제5화

레어 관광

해가 중천에 떴다. 새벽부터 바쁘게 성내를 오가며 열심히 자기 일에 몰두하던 하인들이 허기진 배를 채우기 위해 일 층의 식당으로 향했다.

점심 식사 시간만큼은 제때에 챙기라는 리안의 부탁이 있었기에 늑장을 부리는 사람은 없었다. 단 두 명을 빼고는.

"오늘은 네가 양보해!"

"싫어! 내가 먼저 발견했으니까 네가 포기해!"

고성이 오가는 곳은 뜻밖에도 리안의 집무실이었다. 메이드복 차림의 두 십 대 소녀가 서로를 무섭게 노려보며 대치 중이었다.

"넌 저번에도 가져갔잖아! 이번만큼은 절대 안 돼!"

"나 그거 언니들에게 뺏긴 거 몰라? 너도 그때 같이 있었잖아!"

"그건 네 사정이지! 난 손으로 직접 만져본 적도 없다고! 이리아, 너 욕심이 너무 많은 거 아니니? 그렇게 안 봤는데, 진짜 못됐다!"

"린지, 너야말로 억지가 너무 심한 거 아니야? 이게 그렇게 갖고 싶었으면 집무실 청소를 네가 하던가! 네가 까먹은 거 같은데, 오늘 여기 담당은 네가 아니라 나거든?"

가장 중요한 사실을 이리아가 거론하자 린지가 움찔했다. 그녀가 친구의 손에 들린 천 주머니를 애타는 눈으로 바라봤다.

"그리고 말이 나와서 말인데, 여기 경쟁률 엄청난 거 알고 있지? 영주님 침실 다음으로 치열한 곳이 이곳이야. 내가 여기 맡으려고 시녀장님께 얼마나 아부를 떨었는데!"

"꼭 담당 구역만 청소하라는 법은 없잖아? 지나가다 더러운 걸 발견하면 치울 수도 있는 거지!"

"특별히 집무실 문까지 열면서 말이니?"

기가 차다는 듯 이리아가 헛웃음을 터뜨렸다.

"어쨌든 난 이거 너한테 못 넘겨. 정 갖고 싶으면 네가 담당 구역을 바꾸든가 해. 선배로서 조언하자면, 아마 두세 달은 족히 걸릴걸?"

"언니들이 널 가만둘 것 같아? 내가 지금 당장 달려가서 다 일러버릴 거야!"

린지가 엄포를 놓으며 겁을 줬지만 이리아는 눈 하나 깜빡 안 했다.

"맘대로 해. 어차피 영주님을 뵈면 머리가 짧아졌다는 걸 언니들도 알 테고, 그럼 청소 담당인 날 찾아올 테지. 이전처럼 말이야. 네가 말한다고 해서 달라지는 건 없어."

"이번엔 뺏기지 않을 자신이 있단 거니?"

"당연하지. 전에는 무방비 상태로 있었기 때문에 당한 거라고. 이번에는 절대 안 뺏겨!"

이리아가 각오를 다지며 주먹을 불끈 쥐는 순간이었다. 찰칵 소리와 함께 집무실의 문이 열리며 또각또각 누군가 걸어 들어왔다.

"어라? 점심시간인데 식사 안 하고 아직 청소 중인 건가요?"

그녀들의 불청객은 엘이었다. 그녀가 두 손 가득 들고 있던 서류를 책상 위로 내려놓으며 두 메이드를 돌아봤다.

"아, 네. 저, 그게 바닥이 좀 지저분해서요."

엘의 시선이 아래로 향했다가 이리아의 천 주머니로 이어졌다. 금빛 머리카락이 한 올 튀어나온 것이 눈에 잡혔다.

이리아가 황급히 손을 감추며 인사했다.

"그, 그럼 저희는 이만 가보겠습니다. 일 보세요. 리, 린지, 가자!"

"으응."

"훗, 좋을 때다."

서둘러 사라지는 두 소녀를 보며 엘은 피식 미소를 지었다. 짧은 만남이었지만 이 안에서 어떤 일이 있었을지 그녀는 충분히 예상 가능했다.

"무슨 기분 좋은 일이라도 있는 건가요?"

그때 열려 있던 집무실 사이로 리안이 나타났다.

"아닙니다, 아무것도."

방금 전에 본 것을 말할 수는 없었다. 엘이 꼿꼿이 허리를 펴고는 보고서의 첫 장을 넘겼다.

"아무것도 아닌 게 아닌 것 같은데요? 혹시 비밀입니까?"

"그런 거 아닙니다."

"아니면 말씀해 주세요. 궁금하잖아요."

왠지 쉽게 넘어갈 분위기가 아니었다. 결국 엘은 한숨을 내쉬며 얘기를 꺼냈다.

"집무실에 들어서니 메이드 둘이 있더군요. 눈치가 싸운 것 같았습니다."

"싸워요? 무슨 이유로 말입니까?"

"오늘 머리 자르셨지요?"

"네, 조금."

며칠 뒤 세이프리드 아카데미에서 특강이 잡혀 있었다. 단정히 보이고자 좀 전에 머리를 다듬었다.

"그렇게 티가 많이 나나요? 식사할 때 보니 아사는 잘 모르던데."

"정보를 다루는 저와 같은 사람들에겐 눈썰미는 필수입니다. 가장 먼저 배우고 익혀야 할 기술 중 하나죠."

엘은 특별히 타고난 점도 있었다.

"어쨌든 메이드 둘이 공작님의 머리카락을 서로 갖겠다고 싸운 듯합니다. 승자가 누구인지는 잘 모르겠지만요."

"머리카락을 갖겠다니요? 그게 무슨 말씀입니까?"

태어나 이보다 더 이상한 얘기는 들어본 적 없다는 듯 리안이 인상을 썼다.

"공작님을 사모하는 하녀들이 많다는 거 아시지 않습니까. 그들 사이에선 공작님의 머리카락 한 올조차도 버리기 아까운 소장품입니다."

"소, 소장품이요?"

"네, 놀라셨습니까?"

리안은 고개만 끄덕일 뿐 대꾸를 못 했다. 그로서는 도무지 이해가 안 가는 상황이었다.

머리카락은 그냥 머리카락일 뿐이다. 먹다 남은 음식을 버리는 것처럼, 잘린 머리카락도 버려야 할 쓰레기인 것이다.

"저도 전해 듣기만 했지, 실제로 본 것은 처음입니다. 그래서 고민입니다. 저걸 어떡해야 할지……."

리안의 시선이 엘을 따라 바닥으로 향했다.

"저건……?"

"네, 공작님의 머리카락입니다. 서로 싸우느라 마저 담아가지 못한 모양이에요. 몰랐다면 제가 치울 텐데, 알고 나니 선뜻 그러기가 망설여지네요. 팔면 꽤 쏠쏠할 것 같기도 한데……."

"엘! 지금 저 놀리는 겁니까?"

리안의 얼굴이 벌게졌다. 새롭게 안 사실로 인해 가뜩이나 충격 상태인데, 엘까지 거들고 나서자 당황이 배가 되었다.

물론 그녀의 말이 진심이 아니라는 것쯤은 그도 안다. 그저 지금 막 알게 된 진실이 껄끄러운 것뿐이었다.

"기분 상하셨다면 죄송합니다."

생각보다 리안이 당혹해하자 오히려 당황한 건 엘이었

다. 그녀가 사과하자 리안이 손을 저으며 자리에 앉았다.

"아닙니다. 그냥 좀 놀랍네요. 머리카락을 보관하다니. 저는 상상도 못 했습니다."

"정 싫으시면……."

"그런 뜻이 아니에요. 그렇다고 좋다는 것도 아니지만요."

무어라 딱히 정의하기 모호한 감정이었다. 싫은 것은 아닌데, 좋은 것도 아니고, 별일은 아닌 것 같은데, 신경은 쓰이고.

이마를 찌푸리며 잠시 고민하던 리안은 이내 결론을 내렸다.

"오늘까지는 모른 척 넘어가겠습니다. 하지만 앞으로는 제가 직접 치우도록 하지요. 그래야 마음이 편할 것 같습니다."

"공작님이요?"

"네, 태우든가 해야겠어요."

8서클의 대마법사인 리안에게 머리카락을 태우는 일쯤은 일도 아니었다. 약간 귀찮기는 하지만 찜찜한 것보다는 백번 나았다.

'내가 괜히 말했나.'

본의 아니게 성내 여인들의 즐거움을 뺏고 말았다. 맹세하건대 지금과 같은 결말은 엘도 예상하지 못한 바였다.

'나 때문이라는 건 아무도 모르겠지?'

반드시 그러해야 했다.

리안이 직접 말할 리는 없으니 그녀만 입을 다문다면 영원한 비밀로 남을 수 있었다. 그럼에도 엘은 등골이 서늘했다. 성내 여인 전부가 등을 돌린다고 생각하자 어떤 재앙보다도 끔찍하게 다가왔다.

'제프에게도 말하지 말아야지.'

최측근 수하인 제프리온에게조차 비밀을 지키리라 다짐하며 그녀가 다시 보고서를 펼쳤다.

"먼저 맥카시 전 공작에 대한 소식입니다. 어젯밤 그가 자살 시도를 했다고 합니다. 올해만 벌써 아홉 번째입니다."

"지금까지 시도한 횟수를 다 합치면 총 서른 번이 넘는군요."

"네, 갈수록 잦아지고 있습니다."

맥카시 전 공작이 노예로 끌려간 광산은 건장한 인부들도 가기를 꺼릴 만큼 노동이 고된 곳이었다. 그러한 곳을 평생 육체노동이라고는 해본 적도 없는 자가 갔으니 그 고통이 오죽하겠는가.

그 점이 라테스가 노린 것이기도 하지만, 자살에 관한 얘기를 들을 때마다 리안은 과히 기분이 좋지 않았다.

"모레츠는 어떤가요? 그 역시 마찬가지입니까?"

"마치 아버지와 아들이 누가 먼저 죽을까 내기라도 한 듯합니다. 그들 부자에게선 여전히 반성의 기미가 전혀 느껴지지 않습니다."

"애초에 그럴 거라고는 기대도 하지 않았습니다. 감시나 더 붙이세요. 마음대로 죽지 못하는 것도 그들에게는 벌입니다."

"네, 공작님."

엘이 보고서를 다음 페이지로 넘겼다.

"다음은 타운젠드 공작에 대한 것입니다. 아직 확실치는 않으나, 그가 곧 은퇴할 예정이라고 합니다."

"은퇴요?"

의외의 소식에 리안의 눈이 동그래졌다. 5년 전부터 대부분의 일을 아들 글렌에게 맡기고 조용히 지내오기는 했으나, 일 년에 서너 차례는 반드시 국정 업무에 참석해왔기 때문이다.

"마리오네시로 아주 내려갈 생각인 것 같습니다. 타운젠드 공작을 맞을 준비로 본성이 매우 분주하다고 하네요."

"단순한 방문일 수도 있지 않을까요?"

"황도에서 옮겨가는 짐의 양으로 보아 그건 아닌 듯합니다. 이건 제 생각이지만, 이제 공작님을 넘어설 수 없다고 판단 내린 것 같습니다."

황제 시해 사건이 일어나고 5년이 지난 현재.

타운젠드 공작의 입지가 확 줄어든 반면, 리안의 명성은 갈수록 높아져 가고 있었다.

터미널 사업으로 도시는 더욱 부유해졌고, 국민들의 생활은 전보다 훨씬 윤택해졌다. 그리고 그것은 고스란히 리안에 대한 찬양으로 이어졌다.

마법의 부흥은 덤이었다. 마법의 편리함을 뒤늦게 깨달은 사람들이 마법을 배우기 위해 리안의 영지로 몰려들었다.

그 탓에 리안은 어쩔 수 없이 세이프리드 아카데미를 확장시켜야 했고, 그간 명목상으로만 존재하던 다른 마법 아카데미까지 인수하여 수리에 들어간 상태였다.

그 모든 것에는 엄청난 자본이 필요했지만, 리안에게는 충분히 감당할 재력이 있었고, 도움을 주는 이들 또한 많았다.

기사를 중시하던 풍토가 사라지면서 마법과 관계된 사업에 투자하는 사업가들도 넘쳐났다.

올해의 가장 큰 변화라면 그러한 투자가 모여 마법 대회가 다시 부활하게 되었다는 점이었다.

리안은 그간의 공을 인정받아 만장일치로 조직위원장이 되었고, 특성상 홍보대사까지 겸하고 있었다.

이제 더 이상 마법은 무예에 가려져 천대받지 않았으며, 요즘 아이들이 가장 꿈꾸는 직업이 마법사일 정도로 위상이 높아졌다.

　"타운젠드 백작과의 사이는 어떻다고 하던가요? 여전히 보지 않는답니까?"

　"타운젠드 백작이 폐하와 계속 가까이 지내는 이상 공작은 절대 변하지 않을 겁니다. 그것이 그의 마지막 남은 자존심일 테니까요."

　공작의 뜻을 거역하고 황제와 친화 정책에 나선 글렌 때문에 한동안 타운젠드 공작파는 혼돈에 휩싸였다. 지금은 잘 정리되어 글렌의 주도하에 움직이고 있지만, 많은 귀족이 두 부자 사이에서 난처함을 경험했다.

　"별일 없을 것 같긴 합니다만 그래도 공작의 감시는 계속 유지해 주십시오. 그는 결코 마음을 놓을 수 있는 상대가 아닙니다."

　"걱정하지 마십시오. 이미 당부해 놓았습니다."

　"역시."

　리안이 엄지를 치켜들자 엘이 미소로 화답하며 서류 하나를 건넸다.

　"지난달 재단에서 사용된 거래 내역서입니다. 어제 오웬 이사장님께서 대신 전달해 달라고 하셨습니다."

　"제가 직접 뵈러 가려고 했는데, 또 시간이 없으셨던

모양이네요."

"재단 일에 푹 빠져 계신 거 아시지 않습니까. 요즘은 잠도 줄여가면서 봉사를 다니신다고 합니다. 그런데도 전보다 훨씬 젊어지신 것 같으세요."

리안이 어머니에게 재단을 맡긴 것은 첫째가 믿을 수 있기 때문이었고, 둘째가 오웬이 사교가 아닌 사회 활동을 원해서였다.

자선단체라고는 하나 이사장으로서 해야 할 일들은 절대 만만치 않은 것이었다. 사회 경험이 전혀 없는 어머니가 그 모든 것을 해낼 수 있을까 내심 걱정했던 게 민망할 정도로 오웬은 잘 헤쳐나갔다.

막대한 업무량을 소화해가며 봉사 활동까지 꾸준히 하고 있으니 그녀가 얼마나 열심인지는 더 설명할 필요도 없었다.

"저도 느낍니다. 가끔 건강이 염려되기는 하지만, 어머니께 맡기길 잘했다는 생각이 들어요. 덕분에 저도 좀 편해지고 말입니다."

리안의 혼사 문제에 더는 간섭하지 않으시나 잔소리가 아예 사라진 것은 아니었다. 오웬에게 이사장직을 맡긴 것은 리안에게 있어서 다시없을 현명한 결정이었다.

"이건 레어 관광에 대한 일 차 보고서입니다."

엘이 웃으며 리안의 앞에 서류철을 내려놓았다.

"벌써 한 달이나 지났습니까?"

"요즘 그 말씀 얼마나 자주 하는지 아십니까?"

"제가요?"

"네, 아무래도 일을 좀 줄이셔야 할 듯합니다."

엘은 진심으로 충고했다. 연이은 사업 확장으로 리안의 일거리는 갈수록 늘어만 가고 있었다. 이대로 계속 진행된다면 추후엔 잠잘 시간마저 잃게 될까 봐 걱정이었다.

"어제 라키에게도 얘기했지만, 앞으로 몇 년 동안만 이렇게 지낼 예정입니다. 그 후에는 저도 제 생활을 갖게 될 테니 너무 염려 마세요."

"사업에서 손을 뗄 거란 말씀입니까?"

엘의 음성이 높아졌다.

리안이 가진 막대한 자본의 힘은 일반 사람들이 감히 상상할 수 없는 수준이었다. 생각 없이 움직였다가는 사회 전반은 물론, 국가 전체를 뒤흔들 수도 있었다.

"진정하세요. 제가 아예 물러나겠다는 건 아니니까요."

안심하라며 리안이 미소를 지었지만 엘의 표정은 나아지지 않았다. 그의 빈자리가 어떤 악영향을 미칠지 그녀는 벌써부터 불안했다.

"전부터 해온 생각입니다. 사업은 전문 경영인에게 맡기고, 전 마법 연구에 힘을 써볼까 합니다. 그편이 더 적성에 맞기도 하고요."

"염두에 두고 계신 분이 있으신 겁니까?"

"그럼요."

"누구인가요?"

"아직은 비밀입니다."

"저도 아는 분입니까?"

엘은 호기심을 억누를 수 없었다. 리안이 사업에서 물러날 거란 것도 충격이지만, 그녀도 모르는 후계자가 있다는 게 더 놀라웠다.

"나중에 아시게 될 겁니다."

"당연히 믿을 수 있는 사람이겠죠?"

리안의 잇단 설명에도 안심이 안 되는 듯 엘의 얼굴은 굳다 못해 석상이 될 지경이었다.

"제가 누구보다도 믿고 의지하는 사람이니 걱정하지 마십시오. 저보다 능력도 훨씬 대단하신 분입니다."

그렇게 말하니 더 헷갈렸다. 리안이 누구보다 믿고 의지하는 사람이라면 그녀가 모를 리 없지 않은가? 도대체 누굴 두고 하는 말인지 그녀의 머릿속이 갈수록 복잡해졌다.

'후후.'

그런 엘을 바라보는 리안의 입가에 미소가 피었다. 등잔 밑이 어둡다고 하더니 지금의 엘이 딱 그랬다.

아마 그녀는 꿈에도 모를 것이다. 리안이 찍어 둔 사람이 바로 그녀 자신이라는 걸.

생각해 보면 엘보다 그 자리에 어울리는 사람은 없었다. 리안이 하는 모든 일을 보조하고 조율하는 이가 다름 아닌 엘이었다.

그녀이기에 리안은 사업에서 물러날 계획도 세울 수 있고, 마법에 열중하기 위한 각오 또한 다질 수 있는 것이다.

그녀가 부디 청을 거절하지 않기를 바랄 뿐이다(거절하지 못하도록 만반의 준비를 하는 중이었다).

"영주님, 알만입니다."

간신히 진정한 엘이 남은 보고를 맞췄을 즘, 알만이 할 말이 있다며 찾아왔다.

"저는 그럼 이만 베일에 가려진 후계자나 찾으러 가보겠습니다."

알만과 눈인사를 교환한 뒤 엘이 뒤끝 있는 인사를 남긴 채 집무실을 떠났다.

"저게 무슨 말입니까?"

"아니야, 아무것도. 그보다 결혼식 준비는 잘 되어 가?"

"안 그래도 그것 때문에 뵙자고 한 겁니다."

"무슨 문제라도 생긴 거야?"

오랜만에 성내에서 차르는 결혼식이었다. 진지한 알만의 목소리에 리안은 괜스레 걱정이 앞섰다.

"특별한 문제는 아닙니다만……."

"뭔데 그래?"

"그게……."

"설마 파혼이라도 한 건 아니지?"

"아, 그런 건 아닙니다."

안도의 한숨이 절로 쉬어졌다.

"그거만 아니라면 괜찮아. 무슨 일인데?"

"당사자들이 영주님께 부탁이 있다고 합니다."

"당사자라면 누구? 스캇이야, 클로드야?"

"매들린과 요한나까지입니다."

"넷 전부?"

스캇과 요한나. 그리고 클로드와 매들린. 그들 넷이 이번 결혼식의 주인공들이었다.

꽤 오랜 기간 연애를 한 스캇과 요한나는 이제껏 사귀는 동안 싸움 한 번을 안 했을 정도로 사이가 매우 좋았다.

그에 반해 클로드와 매들린은 잦은 싸움으로 몇 번의 이별을 하긴 했지만, 리안의 조언으로 결국 결혼까지 약속한 사이가 되었고 곧 그 결실을 볼 예정이었다.

처음 엘에게서 클로드의 짝사랑 상대를 알았을 때 리안

은 뛸 듯이 기뻤다. 내심 그 둘이 이어지면 어떨까 생각을 하곤 했었기 때문이다.

과거에 스캇과 클로드는 리안의 가장 친한 친구들이었다. 그들의 부탁이 무엇일지 모르지만 리안은 이미 들어줄 마음의 준비가 되어 있었다.

"영주님이 주례를 맡아주길 바라고 있습니다."

"……주례를? 내가?"

"예, 영주님께 직접 부탁하겠다고 하는 걸 제가 말씀드리겠다고 하고 오는 길입니다. 거절하기가 난처하실 것 같아서요."

"아니, 아니야! 거절이라니. 좀 당혹스럽긴 하지만 들어줄 수 있어. 괜찮아."

"정말이십니까?"

알만의 안색이 밝아졌다. 그는 당사자들보다도 더 기뻐하는 눈치였다.

"당연하지. 다른 사람도 아니고 스캇과 클로드의 부탁인데 들어줘야지. 알만은 내가 거절할 줄 알았어?"

"아무래도 영주님의 주 분야가 아니라서……."

"맞아, 그게 문제야. 과연 내가 주례를 잘할 수 있을까? 해본 적이 없어서 어떻게 해야 할지."

"주례라는 게 그렇게 어려운 것이 아닙니다. 앞으로 잘 살라는 축복의 말이나 당부를 간단히 해주시면 됩니다."

"그러고 보니 알만은 주례 많이 해봤지?"

능력 있는 집사이기도 하지만 알만은 평판 또한 훌륭한 어른이었다. 그 때문에 주말마다 결혼식장에 불려 가 주례를 보는 게 일과이기도 했다.

"네, 저야 뭐."

"알만이 나 좀 도와줄 수 있어? 그럼 잘할 수 있을 것 같은데."

"물론입니다. 스캇과 클로드가 원하는 일인데 저도 빠질 수 없지요. 저만 믿으십시오!"

주례라면 자신 있는 분야였고, 넷 모두 아끼는 아이들이었다. 알만이 힘차게 고개를 끄덕이며 리안에게 약속했다.

"참, 크라우저 후작님께선 어디 가셨습니까? 전달해 드릴 것이 있는데 아침부터 보이지가 않으시네요."

들뜬 얼굴로 집무실을 나서려던 알만이 갑자기 생각난 듯 멈춰 섰다.

"내가 어디 좀 보냈어. 뭔데, 급한 일이야?"

"그런 건 아닙니다만, 좀 걱정이 돼서요."

내니가 떠나고 그렇잖아도 무뚝뚝하던 차이가 더 무뚝뚝해졌다. 원래부터 말이 없는 편이었지만 간혹 냉기가 돌았고 쓸쓸해 보이기까지 했다.

"차이가 신경 쓰이나 보구나."

"저뿐만이 아닙니다. 다들 걱정하고 있어요."

"알아. 내니는 차이에게 가족과도 같았으니까."

내니의 장례식이 있던 밤, 차이가 울던 모습이 아직도 머릿속에 선명했다. 이후로 다시 차이의 눈물을 보지는 못했지만, 그렇다고 그의 슬픔이 줄어든 것은 아니었다.

"그래서 보냈어. 정신을 쏙 빼놓으면 좀 괜찮아질지도 모르잖아."

"예?"

그게 무슨 말이냐는 듯 알만이 되물었으나, 리안은 웃으며 그저 한마디 했다.

"그런 게 있어."

                    *   *   *

우우웅!

워프 게이트의 마나석에서 한 줄기 빛이 솟구쳤다가 사라졌다. 그리고 아무도 없던 텅 빈 공간에 거짓말처럼 사람들이 나타났다.

세이프리드의 레어에 오신 것을 환영합니다!
레어를 처음 방문하신 손님께서는 입구 우측에 마련된 안내 센터를 먼저 들러주시면 감사하겠습니다.

부디 즐거운 시간 보내시길 바랍니다.

친절한 안내 인사와 함께 게이트 밖으로 우르르 사람들이 쏟아졌다. 그들은 전부 약속이라도 한 듯 일제히 한 방향으로 움직였다.

"우리가 맞게 온 건가?"

그중 짧은 커트 머리에 동그란 얼굴을 한 귀여운 십 대 소녀가 함께 온 친구에게 불안한 듯 속삭였다.

"모르, 너 자꾸 기운 빠지게 그럴래? 방금 안내 멘트 같이 들었잖아. 여기가 레어가 아니면 어디겠냐?"

"워프 게이트가 오작동할 수도 있잖아."

"여태 그랬다는 얘기는 한 번도 들어본 적 없거든?"

"그리고……."

"그리고 뭐 또?"

연신 주변을 훑어대는 친구의 턱을 자신에게로 가져오며 리엔이 따지듯 물었다.

"여기 좀 우중충한 거 같지 않아?"

"우중충?"

"그래, 드래곤의 레어라면서. 레어는 크고 화려하고 뭐 그래야 하는 곳 아니야? 근데 여긴 별로 볼 것도 없고 길도 너무 좁은 것 같아. 아무래도 잘못 왔나 봐."

"헛소리도 참 가지가지다."

"아니야, 봐봐. 수상한 점이 한둘이 아니야. 우리 앞에 있던 그 많은 사람이 다 어디로 갔느냐고. 지금 하나도 안 보이잖아!"

레어행 워프 게이트를 타기 위해 새벽부터 일어나 줄을 서고 이제야 도착했다. 불과 십여 분 정도 먼저 출발한 앞사람들이 보이지 않자 모르가 호들갑을 떨었다.

리엔은 한숨이 절로 나왔다.

"우리 이제 막 왔거든? 그 사람들이야 레어 입구에 가면 있겠지. 여긴 그냥 길이라고, 길!"

"입구가 따로 있어?"

"아까 팸플릿에 쓰여 있었잖아. 여긴 레어와 연결된 워프 게이트 2번 입구야. 레어까지는 도보로 10분 정도 걸어야 한다는 글 못 봤어?"

"그런 말이 적혀 있었어?"

"모르, 너 내가 글공부 제대로 하라고 했지? 어떻게 그 쉬운 글을 못 읽을 수가 있냐?"

"못 읽은 게 아니고, 안 보고 그냥 놓친 거다 뭐."

"팸플릿 뚫어지게 쳐다보고 있는 거 내가 다 봤는데 무슨!"

"아아, 배고프다. 갑자기 매콤한 닭 꼬치가 먹고 싶네!"

"불리하면 딴소리지."

모르의 주특기 중 하나였다. 한 대 쥐어박고 싶은 걸 애써 참으며 리엔이 친구의 손을 잡았다.

"얌전히 그냥 따라오기나 해! 이 언니 안 잃어버리게 손 꼭 잡고."

"언니는 무슨."

"그럼 이거 놓을까?"

리엔이 진짜로 손을 놓으려고 하자 모르가 배시시 웃으며 달라붙었다.

"아니, 아니! 나 미아 되기 싫어. 오늘도 이 한 몸 잘 좀 부탁해요, 리엔 언니!"

"오냐, 나만 믿으라!"

주거니 받거니 언니 동생 놀이를 하며 그렇게 얼마쯤 걸었을까.

"반갑습니다, 고객님! 여기는 칼리스타 동산입니다!"

머리에 토끼 귀 모양의 머리띠를 착용한 젊은 여성이 요란한 동작과 말투로 일행을 맞았다. 그녀에게 한눈팔기도 잠시, 새롭게 나타난 눈앞의 풍경에 모두가 넋을 놓고 바라보았다.

지상 낙원이 이러할까?

산과 호수로 어우러진 칼리스타 동산의 모습은 그들의 상상보다 훨씬 더 신비롭고 아름다웠다.

이름도 알 수 없는 갖가지 놀이기구가 손짓하며 유혹하

고, 곳곳에서 흥겨운 악기 연주가 끊이지 않고 펼쳐졌다.

전통 의상을 입고 춤을 추는 사람들, 우스꽝스러운 치장을 하고 곡예를 부리는 재주꾼들 등 칼리스타 동산은 축제의 한마당이었다.

"엄청나다!"

대단하다는 말밖에는 나오지 않았다. 죽기 전에 꼭 가봐야 할 곳으로 손꼽히는 이유를 충분히 알 것 같았다.

"엄마 돈 훔치길 정말 잘했다."

"어⋯⋯. 도둑질을 해서라도 올 만한 가치가 있는 곳이야."

이번만큼은 리엔도 친구를 꾸짖지 않았다. 처음 그 얘기를 들었을 때 미친 거 아니냐며 친구를 나무랐지만, 오고 나니 생각이 달라졌다. 다음에 가자는 자신에게 부득불 가야겠다며 고집을 부리던 친구가 고맙기 그지없었다.

"엇, 낮에 줄 설 때 봤던 아줌마다!"

모르가 손으로 한쪽을 가리켰다.

"그러네. 저 아줌마 뭘 드시는 거지?"

"우리도 가서 먹을까?"

"그래! 일단 배부터 채워보자. 그래야 신 나게 구경하지."

늘 그렇듯 먹을 거 앞에서 의견 일치가 잘 이루어지는 둘이었다. 두 소녀가 길가의 노점상을 향해 빠르게 뛰어갔다.

"이쪽이야."

얇게 튀겨진 감자 꼬치를 두 개나 손에 쥐고 리엔이 앞장섰다. 넓은 부지에 많은 인파로 정신없는 곳이지만 곳곳에 표지판이 있어 길 잃을 염려는 없었다.

"저 남자 되게 잘생겼다."

"한눈팔지 마. 그러다 미아 된다."

"너도 한번 봐봐. 진짜 잘생겼다니까!"

"너 동태 눈깔인 거 내가 뻔히 아는데, 일없다!"

모르의 채근에도 리엔은 꿈쩍 않고 열심히 감자만 먹어댔다.

"아 씨, 지금까지 봤던 남자들하고는 차원이 다르다니까! 제발 좀 봐줘라. 엉?"

"보면? 보면 그거 줄 거냐?"

리엔이 친구의 손에 들린 소시지에 눈독을 들였다. 잠시 망설였지만, 곧 고개를 끄떡이며 모르가 턱짓했다.

"저기, 키 크고 머리 긴 남자. 완전 멋있게 생겼지? 그치?"

"오, 정말인데? 분위기 있다."

"다리 긴 것 좀 봐. 내 키만 한 것 같아!"

"비율 장난 아니다. 우리 세상에선 보기 드문 사내야."

"우리 가까이 가볼까?"

모르의 동그란 눈이 반짝였다. 그러나 리엔은 단호히 고개를 저었다.

"아니, 됐어."

"왜에~ 가 보자!"

"애 아빠한테는 관심 없다."

"응? 애 아빠?"

"넌 진짜 동태 눈깔인 거냐? 옆에 꼬마애 안 보여? 딱 봐도 아빠랑 딸이잖아."

"아, 그런가?"

"이미 다른 여자의 남편이 된 사람이다. 아무리 남자가 고파도 우리 매너는 지키자고."

모르에게서 뺏은 소시지를 한 입 크게 베어 물며 리엔이 다시 걸음을 재촉했다.

"히잉, 아깝다."

"우리에겐 레어가 있잖아. 언제 또 우리가 이런 데 와 보겠냐? 지금은 레어에 집중하자."

"하긴, 엄마 돈을 또 훔칠 순 없으니까."

잠시 현실을 망각했다. 처음 본 남자에게 눈이 팔려 이곳이 어디인지를 잊고 있었다. 그녀가 뒤늦게 정신을 차리고는 남자에게서 애써 시선을 거뒀다.

"우아!"

"대박."

남자를 잊지 못해(?) 시무룩하던 모르의 얼굴이 레어에 들어선 순간 언제 그랬냐는 듯 확 달라졌다. 그녀가 입을 쩍 벌린 채 천장을 올려다보았다.

그도 그럴 것이 그들을 반긴 건 실제 크기로 제작된 드래곤의 형상이었다. 황금색으로 칠해진 거대한 드래곤이 날개를 펼친 채 공중을 날고 있었다. 그 움직임이 어찌나 정교하고 사실적인지 진짜로 살아있다고 느껴질 정도였다.

"저분이 세이프리드인가?"

"응, 8000년이나 살았대. 굉장하지?"

"나도 안 죽고 그렇게 오래 살았으면 좋겠다."

"또 헛소리한다. 일단 보석방부터 먼저 가보자. 거기가 인기가 제일 많은 곳이라서 보고 시작하는 게 좋대."

"안내 센터 안 들르고?"

"여기 안내 책자 있잖아. 이거면 충분해."

"넌 꼭 여기 와봤던 사람 같다?"

"나 똑똑한 거 이제 알았냐?"

레어 안도 밖처럼 곳곳에 표지판이 설치되어 있었다. 보석방은 그리 멀지 않은 곳에 있었고, 다행히 둘이 도착했을 땐 비교적 주위가 한산했다.

"이게 다 얼마일까?"

보석방은 이름처럼 보석이 전시된 곳이었다. 값비싼 금

속으로 제작된 수많은 보석이 유리창 너머에서 화려함을 뽐냈다.

"글쎄. 그런 건 여기 안 쓰여 있어서."

"하나만 갖고 싶다. 이렇게 많으니까 하나 훔쳐가도 모르지 않을까?"

"여기 칼리스타 공작 전하께서 만드신 거거든? 경비서는 사람 없다고 장난치다간 너 큰일 난다. 우리 눈에 보이지는 않지만, 마법이 쫙 깔려 있어서 훔치는 즉시 걸릴걸?"

"난 농담도 못 하냐?"

"나도 그냥 받아준 거야."

"그리고 이왕 훔칠 거라면 여기보단 저쪽이 낫지."

안쪽의 방을 가리키며 모르가 의미심장하게 웃었다. 리엔이 대견하다는 듯 친구의 머리를 쓰다듬었다.

"처음으로 똑똑한 소리를 하는군. 내 친구라서 역시 보는 눈이 있어?"

"다른 건 몰라도 내가 이건 알지. 보석방의 하이라이트! 레어에서 가장 보고 싶었던 곳 중 하나이기도 하고."

두 소녀는 누가 먼저랄 것 없이 아티팩트 방으로 달려갔다. 인기 장소인 만큼 이제까지와는 달리 많은 사람으로 붐비고 있었다.

"이것이 바로 칼리스타 공작 전하께서 왼팔에 항상 차고 계신 대지의 숨결입니다. 레어의 본래 주인이었던 골드 드래곤 세이프리드가 후계자를 위해 직접 만들었다는 건 너무나 유명한 이야기죠."

"가이드가 설명 중인가 봐. 가까이 가서 들어보자!"

투어비가 없는 그녀들에겐 지금이 기회였다. 두 소녀가 솜씨 좋게 틈을 비집고 안쪽으로 들어갔다.

"당연히 여기에 진열된 것은 가짜입니다. 앞서 말씀드렸다시피 진품은 공작 전하의 팔목에 감겨 있으니까요. 그러나 아티팩트가 아닐 뿐, 모양이나 색깔, 금속은 진품과 모조리 똑같이 제작되었습니다. 두 개를 나란히 두면 어떤 게 진짜일지 구별이 안 될 만큼 비슷하다고 칼리스타 공작 전하께서 말씀하셨을 정도입니다."

"모두가 가짜인가요?"

"진품은 하나도 없습니까?"

가짜라는 말에 아쉬운 듯 여기저기서 질문들이 쏟아졌다. 가이드가 웃으며 마저 설명했다.

"모두가 진품이라면 구경하는 재미가 더 쏠쏠했겠죠. 하지만 불행히도 여기 열 개 중 일곱 작품에는 주인이 있습니다. 대표적으로 그림자의 춤과 신의 은총이 그렇지요."

황제와 황후의 목숨을 살린 두 아티팩트에 관한 이야기

는 제국에 모르는 사람이 없을 정도로 널리 알려져 있었다.

"봄날의 오후와 여신의 방패 또한 그렇습니다. 봄날의 오후는 몸이 약하신 어머니께 칼리스타 공작 전하께서 직접 선물하셨고, 여신의 방패는 조카이자 제국의 황녀인 멜로디 공주님의 첫 번째 탄생일에 선물로 드렸다고 합니다."

"나머지 두 개는요? 바람의 벗과 헤이어달의 의지는 누가 가지고 있나요?"

"그건 공식적으로 알려진 바가 없으나 속설에 의하면……."

"리엔, 리엔!"

갑자기 모르가 리엔의 옷을 잡아끌었다.

"왜 그래?"

짜증스레 내려다보는 리엔은 보지도 않고 모르가 보석 하나를 찍었다.

"저기 여신의 방패라는 거 말이야. 나 본 적 있어."

"네가 저걸 어디서 봤는데?"

"아까 내가 잘생겼다고 했던 남자 있지? 회색 머리에 키 큰 남자 말이야."

"그 애 아빠?"

"그래! 그 애 아빠 딸! 그 꼬마 여자애가 목에 차고 있었어! 저거랑 완전 똑같은 거!"

특이한 모양 탓에 확실히 기억했다.

"그 아이가 황녀일까?"

"장난하냐? 황녀가 여길 왜 와? 그리고 온다 쳐도 달랑 혼자 오겠냐? 기사 한 백 명을 데리고 오겠지."

"그런가?"

"당연하지. 그리고 그 꼬마애가 걸고 있었던 건 모조품일 거야. 봐라, 많이 하고들 있잖아."

실제로 레어 곳곳에선 아티팩트 모조품을 기념품으로 팔고 있었다. 하지만 그것들은 전부 한눈에 보기에도 가짜라는 게 확 티가 날 정도로 대충 만들어진 것들이었다.

"이상하네. 내가 본 건 진짜 저거랑 판박이처럼 똑같았는데."

오히려 지금 보고 있는 게 모조품이라고 느껴질 정도였다(실제로 모조품이 맞긴 하지만).

"그래서 네가 동태 눈깔인 거야. 잡소리 그만하고 설명이나 들어!"

리엔의 핀잔이 이어졌지만, 좀처럼 꼬마의 목에 걸려 있던 목걸이가 모르의 머릿속에서 떠나질 않았다.

'그러고 보니 그 꼬마애 머리가 검은색이었지?'

일단 그 점은 황녀와 똑같았다.

'얼굴이 어떻게 생겼더라?'

그러나 남자의 생김새만 기억날 뿐, 아이의 이목구비가 생각나지를 않았다. 너무 몰입해서 본 탓이었다.

'다시 나가서 찾아볼까?'

하지만 그랬다가는 리엔에게 두고두고 잔소리를 들을 터.

'에이, 모르겠다. 설명이나 듣자!'

복잡한 건 딱 질색이다. 모르가 도리질을 치며 이내 그 둘을 머릿속에서 지웠다.

*　　　*　　　*

같은 시각.

한 소녀에 의해 황녀임이 발각(?)될 뻔한 멜로디는 한창 생떼를 부리는 중이었다.

"저거 사줘! 저게 갖고 싶단 말이야!"

"안 된다고 이미 말씀드렸습니다."

"왜 안 되는데! 내가 하고 싶은 건 뭐든 다 하게 해준다며! 차이, 거짓말쟁이였어?"

멜로디가 씩씩거리며 차이를 노려봤다. 그녀의 커다란 눈망울에 진실로 원망이 들어차 있었다.

"그건 제가 약속드린 게 아닙니다. 리안 님께서 무턱대고……."

"차이는 외숙의 부하잖아! 부하는 주인이 하라는 대로 하는 거 아니야?"

"그건 그렇습니다만……."

"그럼 사줘! 안 그러면 나 여기서 한 발자국도 안 움직일 거야!"

두 손을 허리에 갖다 대고 엄포를 놓는 모습이 제법 공주다웠다. 하나 차이에겐 그 순간 그저 말 안 통하는 어린아이로 보일 뿐이었다.

'리안 님은 대체 어쩌자고 내게 이런 부탁을 하신 건지……."

낮의 일을 떠올리면 차이는 지금도 머리가 다 지끈거렸다.

"차이, 내일 시간 좀 있어?"

"네, 부탁하실 일이라도 있으십니까?"

"응, 내가 바빠서 말이야. 나 대신 한 가지 일 좀 처리해주라."

그것이 화근이었다.

그 일이라는 게 정확히 무엇인지 그때 물었어야 했다.

"저보고 멜로디 공주님을 호위하라는 말씀입니까?"

"레어 개장하면 꼭 한 번 데리고 가겠다고 약속을 했었거든. 그런데 내가 통 시간이 나야 말이지. 어떻게 안 될까?"

"그런 거라면 굳이 제가 아니라도⋯⋯."

"그게 실은 다 떼어놓고 둘만 가기로 했었거든. 시녀들에 병사들까지 더해지면 너무 거추장스럽잖아."

"그렇지만 공주님의 안전을 위해서⋯⋯."

"그러니까 차이가 적임자지! 차이보다 훌륭한 호위기사가 세상에 또 어디 있겠어! 안 그래?"

"그 방면으론 라키아 군도⋯⋯."

"아니, 멜로디가 라키는 싫대. 너무 말이 없다나."

"⋯⋯."

"그럼 부탁할게, 차이!"

'말은 제가 더 없습니다.'

그 말을 꼭 하고 싶었으나, 복도 끝에서 환하게 웃으며 달려오는 멜로디 공주를 본 순간 어째선지 내니가 떠올랐고, 자신도 모르게 이곳까지 오게 되었다. 그리고 채 몇 분 되지 않아서 그 결정을 뼈저리게 후회했다.

출입 금지 구역에 들어가겠다고 우기는 건 다반사에, 보이는 물건이란 물건은 족족 사달라고 보채고, 식탐은 또 어찌나 많은지 먹고 싶은 건 전부 먹어야 직성이 풀리는 탓에 차이의 인내심은 이미 바닥까지 떨어진 상태였다.

아이를 돌보는 건 진정 위대한 것이었다. 세상의 모든 엄마는 박수 받아 마땅하다고 차이는 오늘 여러 번 느꼈다.

"여기 있습니다."

결국 노란색 세이프리드 인형을 차이가 현금을 주고 구매했다. 날개를 쫙 펼친 모양으로 현재 레어에서 가장 인기 있는 상품 중 하나였다.

"잠깐 가지고 있어 봐."

멜로디가 양손 가득 들고 있던 인형들을 차이에게 넘기고 새로 산 세이프리드 인형을 가슴에 안았다. 이백 살된 차이에게는 그 인형이 그 인형 같았지만, 다섯 살 꼬마 숙녀에게는 전혀 그렇지가 않은 모양이었다.

벤치에 앉아 까르르 웃어가며 멜로디가 인형을 가지고 신 나게 놀았다.

"어머, 아기 너무 예쁘게 생겼다!"

"몇 살이에요?"

그때 지나가던 젊은 여자 둘이 걸음을 멈추고 말을 걸었다.

"다섯 살."

멜로디가 손바닥을 펼치며 차이 대신 답하자, 그녀들의

입가에 함박 미소가 지어졌다.

"똘똘하기도 해라. 너 이름이 뭐니?"

"그러는 언니는 뭔데?"

"나? 아하하! 나는 세치니라고 해."

새침하게 되묻는 멜로디가 귀여운 듯 여자들의 웃음소리가 커졌다.

"그렇구나. 내 이름은 미안하지만 가르쳐줄 수 없어. 언니들도 모르는 게 좋을 거야."

"뭐라고? 푸하하!"

"너 정말 귀엽다. 데려가서 동생 삼고 싶네."

"나 데려가면 큰일 날걸? 언니들 위험해질 거야."

"왜, 그러면 누가 우리 잡아간다니?"

"아마도?"

멜로디 딴에는 솔직하고 진지하게 상대하는 참인데, 그러면 그럴수록 상황은 재밌어졌다.

"덕분에 즐거웠다! 더 놀고 싶지만, 우린 벌룬 투어를 가야 해서 말이야. 꼬마 아가씨, 안녕!"

"차이, 벌룬 투어가 뭐야?"

멀어지는 그녀들의 뒷모습을 보며 멜로디가 물었다.

"기구를 말하는 것 같습니다."

"기구?"

"네, 마법 풍선을 타고 하늘을 날며 지상을 내려다보는 겁니다. 레어의 전체적인 모습을 볼 수 있지요."

벌룬 투어는 리안이 몇 번의 심사숙고 끝에 개발한 것으로 개장 첫날부터 폭발적인 반응을 이끌어냄으로써 지금은 명실공히 레어의 최고 히트 상품에 올랐다.

"하늘을 날 수 있다고? 외숙처럼?"

일전에 레지나에게 야단맞고 우는 멜로디를 달래준다고 리안이 플라이 마법을 시전한 적이 있었다. 그때 처음으로 공중을 날아본 멜로디는 아직도 그 느낌을 잊을 수가 없었다.

"꼭 리안 님처럼은 아니지만 비슷합니다."

"우리도 가자."

"네?"

"벌룬 투어 하러 가자고! 나 그거 타보고 싶어!"

"지금 말입니까?"

"언니들도 조금 전에 갔잖아."

"하지만 이제 곧 돌아가셔야 할 시간입니다. 잠시 후면 해가 질 텐데……."

이제나저제나 돌아갈 시간만을 고대하던 차이였다. 단 몇 분이라도 그 시간을 더 연장하고 싶지 않은 게 그의 솔직한 심정이었다.

"히잉, 차이. 이렇게 부탁할게. 제발, 가보자. 응? 응?"

"……네, 알겠습니다."

하지만 차이의 입을 타고 나온 건 알겠다는 긍정의 말
이었다. 리안을 똑 닮은 멜로디의 두 눈을 본 순간 차마
거절의 말을 뱉을 수가 없었다.

"대신 벌룬 투어만 끝내면 가시는 겁니다."

"알았어!"

기뻐하는 멜로디를 품에 안고 차이가 여인들의 뒤를 쫓
았다.

철없는 다섯 살 공주님을 돌본다는 건 그에게 상당히
힘든 일이었지만, 리안의 바람대로 그 순간만큼은 아무
생각 없이 시간을 보낼 수 있었다.

이 모든 게 리안의 배려였음을 차이는 시간이 조금 지
난 후에야 깨달았다.

제6화

라이벌 등장

올해는 사라졌던 마법 대회가 다시 부활하고, 4년마다 개최되는 황실 기사 대회가 열리는 해였다. 그래서인지 아카데미가 어느 때보다 뜨거운 학구열에 불탔고, 제국 전역에 특강 열풍이 불었다.

"이쪽입니다."

키는 작지만 체구가 다부진 사내였다. 조금 전 자신을 검술 선생이라 소개했던 사내가 매우 극진한 태도로 라키아를 안내했다.

이렇게 가까이에서 뵙게 되어 영광이라는 둥, 악수한 손은 대대손손 가보로 물려주겠다는 둥의 엉뚱한 소리를 해서 라키아를 짜증스럽게 했지만, 그의 실력만큼은 진짜였다. 지금 당장 어느 기사단에 들어가도 부단장쯤은 할 수 있을 정도로 역량이 있는 자였다.

"다시 한번 말씀드리지만, 귀한 시간 내주셔서 정말로 감사합니다. 오늘 이 하루가 저희 아이들에게는 잊지 못할 큰 추억이 될 것입니다."

"……."

"혹시 놀라실까 봐 미리 귀띔을 좀 드리자면 아이들이 작은 이벤트를 준비하였다고 합니다. 다 로드리게즈 백작님을 존경하는 마음에서 비롯된 것이니 부디 귀엽게 봐주십시오."

"……."

"그렇다고 아주 거창하고 대단한 건 아닙니다. 그냥 소소합니다. 물론 정성은 듬뿍 들어갔지만요."

"……."

"저기, 근데 이분은 누구이신지……?"

어떤 얘기를 해도 라키아가 묵묵부답이자 사내가 그제야 뒤따라오는 엘에게 관심을 뒀다.

"글쎄. 아까부터 나도 그게 좀 궁금하더군."

"일행이 아니십니까?"

"우리가 일행인가?"

라키아가 고개를 꺾으며 돌아보자 엘이 심드렁하게 대

꾸했다.

"저도 원해서 따라온 거 아닙니다."

"그래?"

"네, 공작님 부탁으로 어쩔 수 없이 왔을 뿐입니다. 라키아 님이 사고 없이 무사히 특강을 마칠 수 있도록 옆에서 보필해 달라고 하시더군요. 그러니 모쪼록 잘 부탁드립니다."

딱딱한 말투도 말투지만, 표정에서부터 정말로 오기 싫었다는 티가 팍팍 느껴졌다.

"남이야 그러거나 말거나. 하여튼 오지랖은 알아줘야지."

라키아가 리안을 향해 입술을 삐죽일 때였다. 사내가 이제까지와는 다른 불안한 음색으로 엘에게 물었다.

"사……고 라니요?"

"모르셨습니까?"

엘이 눈을 동그랗게 뜨더니 사내에게 설명했다(그러는 그녀는 왠지 신이 나 보였다).

"특강을 빙자한 테러리스트. 그 남자가 스트레스를 푸는 법. 사랑의 매가 아니라 사심의 매. 등등 백작님의 강의를 뜻하는 수식어가 차암 많지요. 한 번도 안 들어보셨습니까?"

"네……."

"어쩐지. 한동안 강의 요청이 뚝 끊겼었는데, 웬일인가 했습니다. 선생님, 새로 오셨죠?"

끄덕끄덕.

"그럴 줄 알았습니다. 쯧쯧, 뒷감당을 어찌하시려고."

사내의 얼굴에서 핏기가 싹 사라졌다. 그는 그저 제국 최고의 검사를 아이들에게 보여주고 싶었을 뿐이었다. 그의 유일한 잘못이라면 라키아에 대해 너무 무지했다는 것이다.

"그런데 선생님이야 몰라서 그랬다고 하지만, 학생들이 반발하지 않았다니 신기하네요. 부모들이 항의하고 난리도 아니었었는데 말이죠."

버릇이 없다는 이유로 학생 스무 명을 딱 죽지 않을 만큼 손봐준 덕분에 아카데미가 발칵 뒤집힌 적이 있었다. 개중엔 고위층 자제도 다수 포함되어 있어서 이사장인 리안까지 사태 진압(?)에 동원되어야만 했었다.

"라키가 정도를 넘어서거든 엘이 좀 말려주세요. 누군가 곁에 있으면 라키도 전처럼 학생들을 심하게 다루지는 않을 겁니다."

그렇다. 그녀는 오늘 리안의 특명을 받고 온 것이다. 라키아가 폭력을 행사하려는 순간 재빨리 나서서 막아내는 것이 그녀의 임무였다.

"그래도 너무 염려하지는 마세요. 좀 터프하셔서 그렇지, 라키아 님의 강의를 듣고 나면 실력이 부쩍 느는 것은 사실이랍니다. 그건 제가 장담할게요!"

실컷 겁을 줄 때는 언제고 인제 와서 위로란 말인가.

라키아를 강사로 초청했다고 했을 때 학생들의 얼굴에 떠올랐던 기류가 단순한 착각이 아니었음을 사내는 이제야 비로소 깨달았다.

"안 가나?"

그러나 후회를 해봤자 지금은 늦었다. 라키아를 돌려보낼 만한 배짱이 그에게는 없었다. 부디 아무런 일이 일어나지 않기를 기도하는 수밖에(설마 하는 심정도 약간은 남아 있었다).

"……따라오십시오."

라키아와 엘을 인도하는 사내의 걸음이 이전과 달리 매우 느려졌다.

드르륵.

펑! 펑! 펑!

"어서 오십시오! 로드리게즈 백작님을 진심으로 환영합니다!"

강의실의 문을 열고 들어서자 폭죽이 터졌다. 이어 우레와 같은 박수 소리와 함께 학생들이 일어나 라키아를 맞았다. 교탁 위에는 커다란 케이크까지 준비되어 있었다.

'애쓴다, 애써.'

검술을 배우는 자들에게 라키아는 거의 신과 같은 존재였다. 열여섯에 소드 마스터가 된 천재 검사는 어린 학생들에겐 우상이었고, 되고자 하는 목표였다.

헌데 보아라.

반 이상이 벌써 겁에 질려 있었다. 눈을 반짝이며 우러러 바라보는 학생들은 십중팔구 아무것도 모르는 신입생임이 분명했다.

'저 어린 영혼들을 위해서라도 내가 나서는 일이 없기를 바라야겠군.'

진심으로 그렇게 되길 바라며 엘은 조용히 강의실 뒤편으로 이동했다.

"난 케이크보다는 과일을 좋아하는데."

강단에 올라 라키아가 건넨 첫마디는 역시 먹거리에 관한 것이었다.

"그래도 맛있어는 보이는군. 잘 먹겠다."

고맙다는 말조차 없었지만, 잘 먹겠다는 라키아의 한마디에 그제야 얼어 있던 아이들의 얼굴이 조금 펴졌다. 가장 크고 비싼 케이크를 주문한 보람이 있었다.

"그럼 강의를 시작해 볼까?"

오늘 강의는 이론과 실전으로 나뉘어서 치러질 예정이었다. 학생들이 두려움 반, 기대 반의 모습으로 자리에 착석했다.

"우선 내 소개부터 하지. 모두 알겠지만 내 이름은 라키아 디 로드리게즈, 현재 나이는 서른이고 아직 장가는 안 갔다. 맡은……."

"애인은 있으십니까!"

라키아의 말이 채 끝나기도 전 누군가 용기 있게 물었다. 몇 군데서는 웃는 소리도 들렸다. 그들은 대개가 저학년들이었고 라키아를 처음 보는 학생들이었다.

"거기."

"저 말입니까?"

"그래, 너 질문한 놈."

라키아가 손가락으로 찍어주자 앳된 얼굴의 소년이 히죽거리며 일어났다.

"이름이 뭐냐?"

"말레키스라고 합니다."

"나이는?"

"열여섯입니다."

"장래 꿈은 당연히 나와 같은 검사가 되는 거겠지?"

"네! 저는 꼭 소드 마스터가 될 겁니다!"

우렁차게 소리 지르는 모습이 포부 하나는 있어 보였

다.

"소드 마스터라. 그래, 그걸 위해서 네가 하고 있는 노력은?"

"……네?"

"미래의 너의 꿈을 위해 현재 네가 무엇을 실천하고 있는지 물었다."

"그거야…… 지금은 열심히 아카데미 생활을 하고 있습니다."

"더 구체적으로."

"어……."

라키아의 요구가 계속되자 당황한 듯 말레키스의 뺨이 벌겋게 달아올랐다. 표정을 보니 꽤 억울한 눈치였다.

애인 있느냐고 물어봤을 뿐인데 너무하는 거 아닙니까?

씩씩하던 모습은 온데간데없고 녀석의 얼굴에는 불만만이 가득했다.

"갑자기 왜 말이 없지? 대답하기 싫은가?"

"아, 아닙니다."

"내 질문이 너무 어려웠나 보군. 간단하게 묻지. 하루에 잠은 몇 시간이나 자나?"

"평균 여덟 시간 정도는 잡니다."

"여덟 시간이라……."

라키아가 실내를 빙 둘러보았다.

"난 목검을 처음 손에 쥔 순간부터 하루 네 시간 이상을 자본 적이 없다. 나처럼 되고 싶다고? 그럼 매일 세 시간씩 자고 검을 휘둘러라. 그러면 가능성이 조금은 있을 것이다."

"어째서 네 시간이 아니고 세 시간입니까?"

"그걸 꼭 내 입으로 말해야 알겠나?"

라키아의 눈동자가 어느 때보다 오만하게 빛났다. 천재와 범인의 차이. 그것은 굳이 말할 필요 없는 것이었다.

"여쭤보고 싶은 게 있습니다!"

그때 중앙의 학생 하나가 손을 번쩍 들었다.

"이름은?"

"셀빅 섬 스카스가드라고 합니다."

"스카스가드?"

낯익은 이름에 라키아의 눈꼬리가 올라갔다. 그가 좀 전과는 다른 눈빛으로 소년을 살폈다.

"아버지를 쏙 빼닮았군."

모래 빛 금발에 선한 보라색 눈동자를 지닌 잘생긴 소년이었다.

그의 아버지인 스카스가드 백작은 황궁 제2기사단의 단장으로, 황실에 대한 충성심이 남다른 이였다.

아직 소드 마스터가 되지는 못하였지만, 그에 비등한

실력을 지닌 그를 라키아는 같은 검사로서 존중하고 있었
다.

"칭찬으로 듣겠습니다."

"그래, 질문이 뭐지?"

"사적인 것인데 괜찮으십니까? 지금이 아니면 제가 백
작님을 만나뵐 기회가 없어서요."

"특별히 용인하지."

친구의 아들이니 한 번쯤 특혜를 주는 것도 나쁘지 않
으리라. 하지만 다음 순간 라키아는 그런 자신의 결정을
욕을 퍼부으며 후회했다.

"여동생의 짝으로 어떤 분을 원하십니까?"

"……뭐?"

"비앙카 누나의 남편감으로 어떤 사람을 찾고 계시는
지 궁금합니다."

비앙카 누나?

전쟁터에서 기습을 당해도 이보다 더 놀라지 않을 자신
이 있었다. 난데없이 튀어나온 여동생의 이름에 라키아의
눈이 튀어나올 듯 커졌다.

"놀라셨습니까?"

반면 셀빅은 너무도 태연했다. 오히려 녀석이 걱정하듯
라키아를 바라봤다.

"비앙카 누나가 얘기한 줄 알았는데 아닌 모양이군

요."

"얘기라니? 무슨 얘기!"

"제가 고백한 얘기 말입니다."

"비앙카에게 고백한 놈들이 한둘인 줄 알아?"

얘기라기에 괜히 철렁했다. 순간 벌써 둘이 마음을 주고받은 건가 싶어서 머리가 휘청했던 것이다.

"제 경우는 조금 다릅니다."

"뭐가 다른데?"

"백작님의 허락을 받아오라고 하더군요. 그래야 연애도 할 수 있다고. 참고로 전 연애는 짧게, 바로 혼인을 하고 싶습니다."

기가 차다 못해 부아가 치밀었다. 특강을 하러 왔다가 이 무슨 웃기지도 않은 상황이란 말인가?

게다가 비앙카가 허락을 운운했다는 건 녀석도 이놈에게 조금의 관심은 있다는 뜻이었다. 라키아는 그게 더 열받았다.

"잠깐."

불현듯 떠오른 생각에 라키아가 인상을 쓰며 물었다.

"근데 너 몇 살이지?"

"열일곱입니다."

주먹 쥔 그의 손이 부르르 떨렸다.

"……너 이 자식, 비앙카 나이가 몇 살인 줄은 알고 있는 거냐?"

"요새는 연상연하가 트렌드입니다. 저희 아버지도 어머니보다 다섯 살은 어리신 걸요."

"네가 말로는 안 되는 놈이로구나."

또박또박 대꾸하는 모양새가 말로 해서는 들어먹을 타입이 아니었다.

"내가 그런 쪽으로는 또 강하지."

쾅!

라키아가 손바닥으로 교탁을 세게 내리쳤다.

"이론 강의는 이것으로 마치고 바로 실전으로 들어가겠다. 모두 연무장으로 집합한다! 실시!"

라키아의 살벌한 음성에 학생들이 후다닥 강의실 밖으로 뛰쳐나갔다.

"에휴. 못 말린다, 못 말려."

엘의 한숨 소리가 들리는지 어쩐지 라키아가 전의를 불태우며 걸어나갔다.

*　　*　　*

같은 하늘 아래, 같은 아카데미였지만 기사학부와 마법학부의 분위기는 완전히 천지 차이였다. 리안과 황실 마법사가 함께하는 특강답게 질적으로나 재미로나 어느 것

하나 빠질 게 없었다.

리안은 라키아와 달리 언제나 학생들에게 상냥했고, 어떤 질문에도 막힘없이 친절하게 답해주었다. 덕분에 그의 특강은 늘 인기가 많았고, 참여하는 학생들의 태도 또한 굉장히 열성적이었다.

"자, 이제 여러분이 직접 마법을 시전해 볼 시간입니다. 저와 여기 계신 선생님들이 잘 살필 터이니 안심하시고 마음껏 펼쳐보십시오."

용언 마법과 인간 마법의 상관관계에 대한 리안의 강의가 모두 끝났다. 그리고 학생들이 가장 고대했던 순간, 마법 실기 시간이 왔다.

그간 안전 문제 때문에 시도해보지 못한 마법들을 걱정 없이 실컷 해볼 수 있는 시간으로 오늘만 기다리는 학생이 부지기수였다.

8서클의 대마법사가 바로 옆에 있는데 무엇이 두렵겠는가?

리안의 말이 끝남과 동시에 학생들이 분주히 움직이기 시작했다. 리안과 선생들도 눈빛을 교환해가며 사방으로 넓게 포진했다. 그들에게는 지금이 가장 긴장해야 할 시간이었다.

"나의 몸은 공기보다 가볍다. 플라이!"

한 학생이 플라이 마법을 시전했다. 오늘이 처음은 아

닌 듯 주문을 외우는 모습이 사뭇 자연스러웠다.

"어, 어, 뜬다!"

플라이 마법은 비교적 간단한 것이기는 하나 2서클의
마법이었다. 전과 달리 아무리 마법이 보편화되었다고 해
도 아카데미의 학생이 2서클의 마법을 펼친다는 것은 대
단한 일이었다.

"우와, 서머 형! 대단하다!"

옆에서 지켜보던 컬린이 감탄하며 엄지를 치켜들었다.
그러나 정작 당사자인 서머는 공중에서 중심을 잡느라 그
말이 전혀 들리지 않았다. 그의 이마에는 벌써부터 송골
송골 땀이 맺히고 있었다.

"모란 남작의 아들입니다. 아카데미 5년 차 중 두각을
나타내는 녀석이죠."

어느새 다가왔는지 럼블리 백작이 뿌듯한 목소리로 리
안에게 설명했다. 그는 요즘 따로 고급반을 운영하고 있
었는데, 서머도 그 안에 속해 있었다.

"네, 저도 알고 있습니다. 제 사인까지 받아간 걸요."

"그걸 기억하십니까?"

"저 그렇게 기억력 나쁜 편 아닙니다."

그것을 증명하겠다는 듯 리안이 앞을 가리켰다.

"서머 군과 함께 있는 학생은 포만 남작의 외아들 컬
린, 그리고 저기 좌측 뒤편에서 눈을 감고 명상 중인 학

생은 맥브라이드 가문의 차남 커쉬너, 그 옆은 조엘 상단의 손자 에드해리스. 모두 5년 차이고 럼블리 백작님의 고급반 학생들이죠."

"허허, 어찌 저희 고급반 학생들만 기억하십니까? 설마 제게서 학생들을 빼앗아 갈 심산이십니까?"

"아니요, 무슨 그런 말씀을."

백작의 농에 리안이 웃으며 고개를 저었다.

"그냥 다른 학생들에 비해 실력이 좋아 눈길이 갔을 뿐입니다. 백작님께서도 그래서 그들을 고급반으로 데려가신 게 아닙니까. 저는 지켜보기만 할 테니 쭉 잘 키워보십시오. 다들 훌륭한 대마법사가 될 재목들입니다."

"아무렴요. 가르치는 재미가 쏠쏠한 녀석들입니다. 후에 반드시 뭐 하나는 제대로 할 놈들입죠."

"그리 좋으십니까?"

제자들을 바라보는 럼블리 백작의 모습은 다정함 그 자체였다. 리안이 놀리듯 묻자 백작이 너털웃음을 터뜨렸다.

"공작 전하께서도 제 나이 되어 보십시오. 신통방통한 녀석들을 보면 절로 미소가 그려진답니다."

"그래도 너무 그런 눈으로 보지 마십시오. 다른 제자분들께서 서운해하십니다."

"예?"

갑자기 그게 무슨 소리냐는 듯 백작이 리안을 돌아봤다.

"얼마 전에 테라 님이 그러시더군요. 백작님께서 뒤늦게 제자 사랑에 눈을 뜨시는 바람에, 늙은 제자들은 살았는지 죽었는지 관심조차 없으시다고. 가끔이라도 옛 제자분들께 신경 좀 써 주십시오. 듣는 제가 다 안쓰러웠습니다."

"어이쿠, 테라 그 녀석이 그럽니까? 하여튼 샘은 많아 가지고."

"샘이라니요. 그저 백작님께 섭섭해서 그렇지요."

"그런 샘 말고 말입니다."

"무슨……?"

"요즘 학생들 수준 말입니다. 칼리스타 공작 전하 덕분에 하루가 다르게 일취월장하고 있지 않습니까. 녀석은 그런 환경이 부럽고 샘이 나는 겁니다. 자신에게도 그 나이 때 지금과 같은 기회가 있었다면 현재 더 높은 서클의 마법사가 되어 있었을 테니까요."

이해가 아주 안 가는 건 아니지만, 리안은 테라의 생각에 동조할 수 없었다. 그는 지금도 충분히 어렸고, 기회 또한 앞으로 무궁무진하게 많을 것이기 때문이다.

"테라 님은 다른 제자분들과 비교해서도 재능이 탁월하신 분입니다. 욕심을 조금만 내려두면 더 좋은 결과가 있지 않을까 싶네요."

"제 말이 그 말입니다! 어떻게 된 녀석이 도무지 만족하는 법을 몰라요. 쯧쯧!"

주변에 듣는 이가 없다는 게 다행이었다. 복에 겨워 헛소리를 한다며 욕할 게 뻔하기 때문이다. 서른도 되지 않아 4서클의 마법사가 된 예는 지금껏 손에 꼽을 정도로 적었다.

"그래도 우리 학생들이 기존의 마법사들에게 자극을 주는 것 같아 기분은 좋군요. 이런 식으로 마법의 활성화가 가속된다면 더없이 기쁘겠습니다."

"그 점은 저도 바라는 바입니다. 꼭 그렇게 되어야 하고요."

마법에 관한 관심이 갈수록 늘어가고 있는 현시대에 본인이 살고 있다는 것에 럼블리 백작은 요즘 늘 감사하고 있었다. 더불어 이런 세상을 만들어준 리안이 너무도 고맙고 존경스러웠다.

"마법 시대의 도래! 가능한 한 오래오래 살아서 꼭 보고 말 겁니다!"

그때였다.

"으아악!"

별안간 억센 비명이 터졌다. 리안이 급히 올려다보니 플라이 마법을 시전했던 서머가 균형을 잃고 밑으로 추락

하고 있었다.

"슬로우!"

리안은 굳이 나설 필요가 없었다. 황실 마법사가 서머의 몸에 슬로우 마법을 걸자 낙하 속도가 현저하게 줄어들었다.

"형, 내가 도와줄게!"

떨어지는 서머의 몸을 컬린이 손을 뻗어 여유롭게 받아냈다.

그것이 시작이었다.

마치 약속이라도 한 듯 여기저기서 비명이 속출하며 선생들이 바빠졌다.

포박 마법에 걸려 옴짝달싹 못하는 여학생을 꺼내주기가 무섭게, 남학생 둘이 실드 마법에 갇혀 공포의 소리를 내질렀다.

동기생을 슬립 마법으로 재웠다가 깨우지 못해 발을 동동 구르는가 하면, 시전한 라이트 마법이 제자리에 있지 않고 강의실을 휘젓는 바람에 발바닥에 땀이 나도록 뛰어다니는 등 학생들 대부분이 잠시도 정신을 놓을 틈이 없었다.

리안은 중간 중간 위급할 때마다 최대한 티가 안 나게 도움을 주려고 노력했다.

그렇게 얼마나 흘렀을까?

열심히 마법 수련에 몰두하는 학생들을 바라보며 리안이 남몰래 미소 지을 때, 강의실 뒤편에서 돌연 뜨거운 불길이 치솟았다.

"엄마야!"

"으학!"

근처에 있던 학생들이 새된 비명을 지르며 앞으로 뛰쳐나왔다.

"저, 저건……!"

반면 럼블리 백작은 굳은 얼굴로 말을 더듬었다.

다름 아니라 그것은 파이어 볼, 무려 3서클의 마법이었기 때문이다.

학생들도 놀란 듯 다들 하던 것을 멈추고 뒤를 돌아보았다. 구석에 놓여있던 나무 의자가 그새 꺼먼 재가 되어 활활 타오르고 있었다.

"소각."

리안은 일단 불부터 꺼뜨렸다. 다행히 불길이 다른 곳으로 번지지 않아 추가 피해는 없었다.

럼블리 백작이 커쉬너를 향해 달려갔다.

"커쉬너, 이게 어찌 된 것이냐? 정말 네가 한 것이냐?"

그는 제자의 성취가 도무지 믿어지지가 않았다.

"저도 그걸 잘 모르겠습니다. 그게 제가 한 게 맞는 것 같기는 한데…… 너무 우연하게 된 거라…… 뭐가 뭔지······."

아직 2서클의 마법도 완벽히 터득하지 못한 상태였기 때문에 커쉬너 본인도 작금의 상황이 어찌 된 영문인지 혼란스러웠다.

"커쉬너, 축하한다."

"공작 전하?"

"이제 막 네게 3서클의 고리가 하나 생겼구나. 희미하긴 하지만, 언제고 단단해질 날이 오겠지."

"저, 정말입니까? 제가 진정 3서클에 오른 겁니까?"

커쉬너의 목청에 강의실이 시끄러워졌다. 아카데미가 개교한 이래로 3서클의 학생이 나온 것은 처음이었기 때문이다.

불과 5년 전만 하더라도 3서클에 오르면 황실 마법사가 될 수 있었다.

평생을 마법 수련에 힘써도 고작 1, 2서클에 머무는 자들이 대부분이었던 시절, 황실 마법사가 된다는 건 자신과의 싸움에서 승리한 자만이 얻게 되는 전리품과도 같은 것이었다.

그런 엄청난 경지에 고작 5년을 공부한 커쉬너가 오른 것이다.

"커쉬너가 정말 3서클 마법사가 된 거야?"

"굉장하다!"

"부럽다, 부러워!"

다들 놀란 눈으로 커쉬너를 가리키며 수군거렸다.

"칼리스타 공작 전하, 이럴 수도 있는 겁니까? 2서클을 마스터하지도 않은 상황에서 3서클에 바로 오르는 게 가능한가요?"

럼블리 백작으로선 처음 접하는 경우였다.

"아마 저 때문인 것 같습니다."

"네?"

"강의실의 마나 농도를 잠시 임시적으로 높게 만들었습니다. 학생들이 보다 편하고 쉽게 마법을 펼칠 수 있도록 배려한 것인데, 그게 커쉬너 군에게 촉매 역할을 한 것 같군요."

"아, 그래서……!"

백작은 물론이고 커쉬너가 그제야 이해가 간다는 표정을 지었다.

"마나의 양이 풍족하다면 충분히 벌어질 수 있는 일입니다. 그렇다고 자주 있을 수 있는 일 또한 아니죠. 커쉬너 군의 재능이 대단한 듯합니다."

"아, 아닙니다! 그저 운이 좋았습니다. 명상에 잠겼다가 왠지 될 수도 있겠다는 이상한 생각에 저도 모르게 시험해 본 건데, 정말 실현하게 될 줄은 몰랐어요. 지금도 믿기지가 않습니다. 신기하고 얼떨떨해요."

아직 커쉬너는 3서클을 나타내는 심장의 마나 고리도 느끼지 못하는 상태였다. 리안이 그렇다고 하니 그런가 보다 하고 있을 뿐, 실감이 도통 나지 않았다.

"지금이 중요한 시기다. 이 상태에서 수련을 게을리하면 어렵게 생긴 마나 고리가 사라질 수도 있어. 내 말 무슨 뜻인지 알겠지?"

"네, 공작 전하. 잠자는 시간까지 쪼개 가며 노력하겠습니다!"

"그럴 필요까지는 없는데."

충분한 잠은 오히려 도움이 된다는 말을 해줬지만 제대로 듣는 눈치가 아니었다. 이미 커쉬너는 과한 의욕에 지배당하고 있었다.

"그보다 경사네요. 아카데미 학생 중에서 3서클의 마법사가 나오다니! 얼른 전국에 알려야겠습니다!"

놀람이 사라지자 럼블리 백작은 자랑하고 싶어서 몸이 근질거렸다.

더욱이 그 대상이 자신의 애제자이다.

이 얼마나 근사한 이야기란 말인가!

테라가 있었다면 필시 또 배 아파했겠지만, 백작에게는 그저 기쁘고 흥분되는 일이었다.

"잠시 여러분 모두에게 드릴 말씀이 있습니다!"

커쉬너로 인해 강의실이 매우 소란스러웠다. 리안이 단

상에 올라 마법을 시전하며 이목을 집중시켰다.

"원래는 강의가 끝난 후에 알려드리려고 했는데, 좋은 일도 생겼고 하니 미리 말씀드립니다. 혹시 레어에 가보신 분 있습니까?"

리안이 묻자 일곱 명 정도가 손을 들었다. 나머지는 대개 돈이 없거나 시간이 안 돼서 가보지 못하고 있었다.

"생각보다 적군요. 레어가 별로 궁금하지 않은 모양입니다."

"아니요! 가려고 지금 용돈 모으는 중입니다!"

"저도요! 다음 달에는 갈 수 있어요!"

레어의 주인인 리안에게 미안함이라도 들었는지, 학생들이 갈 거라며 아우성을 쳐댔다.

리안이 웃으며 말했다.

"용돈이라면 이제 그만 모아도 될 겁니다. 곧 여러분께 초청장이 갈 거거든요."

"초청장이요?"

"입장은 물론, 그곳에서 먹고 쓰는 비용 전체가 무료입니다. 제가 여러분에게 드리는 선물이니 사양하지 말고 마음껏 즐겨주세요."

너무 놀라면 사람이 멍해진다고 했다. 다들 금붕어라도 된 것처럼 단체로 눈만 끔벅이며 리안을 바라봤다.

그러나 잠시 후, 강의실이 떠나갈 정도로 다 같이 함성을 내질렀다.

"우아아아! 칼리스타 공작님 최고!"

"공작 전하 감사합니다!"

"우유 빛깔, 공작님! 사랑해요, 공작님!"

아카데미 학생들을 레어로 초대하는 건 레어를 개방하기 전부터 생각하던 것이었다. 마법을 배우고 발전시켜야 할 그들이야말로 당연히 레어에 와봐야 한다고 생각한 것이다.

"단, 조건이 있습니다!"

갑자기 실내가 조용해졌다. 들떠 있던 분위기가 순식간에 가라앉으며 학생들이 리안의 말에 집중했다.

"몇 달 후면 마법 대회가 열린다는 거 여러분이 더 잘 아실 겁니다. 대회의 질은 참가자들의 실력에 좌우되는 것입니다. 새롭게 부활한 마법 대회가 이름에 걸맞게 나아갈 수 있도록 도와주십시오. 그게 제가 여러분에게 바라는 것입니다."

전국의 모든 이들이 보는 앞에서 개최될 마법 대회였다. 올해는 특히나 황실 기사 대회까지 함께 열린다. 비루한 실력으로 나갔다가는 황실 기사 대회와 맞물려 웃음거리가 되고 말 것이다.

리안은 진심으로 그러한 일이 없기를 바랐다. 먼 옛날 마도 시대처럼 화려하진 않더라도, '마법은 이런 것이다'

를 사람들에게 보여주고 싶었다. 그러려면 더 많은 학생들이 참여하고 실력을 쌓아야만 했다.

"그러니까 뇌물이라는 말씀이시죠?"

한 여학생의 깜찍한 되물음에 리안이 웃으며 고개를 끄덕였다.

"맞습니다. 혹시 부족한가요?"

"아니요! 절대 부족하지 않습니다!"

합창이라도 하듯 학생들이 소리쳤다.

"저희만 믿으세요!"

"우승은 제가 할 겁니다!"

"아닙니다. 제가 할 겁니다!"

여기저기서 당찬 대답들이 쏟아져 나왔다. 빈말이라도 듣기 좋았다. 결과가 어찌 되었든 그들이 열심히 할 거란 사실이 리안에게는 중요했다.

"날짜는 추후 통보하도록 하겠습니다. 여러분뿐 아니라 아카데미 학생 모두에게 해당되는 것이니, 친구들에게 얼른 알리세요. 레어가 여러분을 기다리고 있습니다."

환호성을 터뜨리며 학생들이 강의실을 박차고 뛰어나갔다. 리안에게는 큰 손해가 따르겠지만 조금도 아깝지 않았다.

마법의 발전을 위해서라면 그 어떤 것이라도 내어줄 각오가 되어 있었다.

리안이 학생들로부터 무한 찬양을 받고 있을 그 시각.

기사학부의 한 연무장은 가히 폭풍 전야였다.

살벌하게 대치 중인 두 사람을 바라보며 사내가 떨리는 음색으로 물었다.

"정말 이대로 가만히 두고 보기만 하실 겁니까?"

"아직은 괜찮습니다."

"저러다 로드리게즈 백작님께서 욱하기라도 하시면 요? 그땐 늦는단 말입니다. 백작님 손짓 한 번에 셸빅 군은 죽을 수도 있다고요!"

"그렇게 정 걱정이 되거든 선생님이 가서 말려보시든 가요. 내 제자 아니거든요?"

엘이 정색하자 사내가 어이없다는 듯 대꾸했다.

"감히 제가 어떻게 백작님께 맞섭니까! 그건 있을 수 없는 일입니다!"

"그럼 그냥 옆에 조용히 계십시오. 무슨 얘기 중인지 잘 안 들리지 않습니까."

"지금 그게 중요한가요? 백작님께서 무사히 특강을 마칠 수 있도록 보필하러 오신 분이라면서요. 그런 분이 이 러시면 안 되죠!"

"아직 아무 일도 일어나지 않았거든요? 때 되면 어련히 나설 테니 제발 그 입 좀 닥쳐 주실래요?"

받아주는 것도 한계가 있었다. 엘은 라키아를 말리러온 것이지, 선생을 다독이러 온 것이 아니었다.

참다못한 그녀가 어금니를 깨물며 노려보자 사내가 주춤거리며 뒤로 물러났다.

"아, 알겠습니다……. 꼭 제때 말려주기나 하십시오."

비록 기어들어가는 목소리였지만 사내는 끝까지 선생의 본분을 잊지 않았다. 그 점을 높이 사며 엘이 연무장 중앙으로 다시 시선을 가져갔다.

"확인차 다시 묻지. 몇 살이라고?"

"열일곱입니다."

비앙카의 나이가 스물둘이니 딱 다섯 살 차이였다.

'하하하, 동생아. 네 취향이 이런 꼬맹이였던 거냐?'

아무리 생각하고 다시 또 생각을 해봐도 라키아는 이해할 수가 없었다. 어떻게 이런 어린놈에게 감정을 품을 수 있단 말인가?

아직 머리에 피도 안 마른 열일곱 소년이었다. 그런 놈을 남자로 의식한다는 자체가 자신의 동생이지만 정말이지 기가 막혔다.

"혹시 스카스가드 백작도 알고 있나?"

"말씀드린 적 있습니다."

"그랬더니?"

"힘든 싸움이 될 텐데 괜찮겠냐고. 건투를 빈다고 하셨습니다."

"하아!"

그 아버지에 그 아들이었다. 말리지는 못할망정 뭘 빌어?

"아비나 자식이나 아주 정신들이 나갔군."

"알고 계시는지 모르겠지만, 아버지도 저와 비슷한 나이 때에 다섯 살 연상이신 어머니와 결혼하셨습니다. 두 분께선 지금도 어느 부부보다 행복하게 사시고 계십니다. 저도 행복하게 해줄 자신 있습니다. 부디 허락해 주십시오."

스카스가드 백작의 아내 사랑이야 라키아도 알 만큼 충분히 알고 있었다. 일찍 결혼한 덕분에 열일곱 살의 아들을 두고서도 아직 삼십 대에 머물고 있는 백작은 소문난 애처가였다.

그런 넋 빠진(오늘부터) 사내에게서 나온 아들이니 오죽할까.

라키아가 셸빅을 쭉 훑어내렸다.

'제법이군.'

그래도 아들 교육엔 신경을 좀 쓴 모양이었다. 검을 쥐고 있는 자세가 나름 기본이 잡혀 있는 데다, 마나를 갈

무리하고 있는 능력 또한 탁월했다.

그러나 어디까지나 또래와 비교하면 훌륭하다는 것이지, 스카스가드 백작처럼 대성할 수 있을지는 미지수였다.

"포기해라. 넌 너무 어려."

"나이는 숫자에 불과합니다. 전 누구보다도 비앙카 누나를 아끼고 사랑해줄 수 있습니다."

"듣기 거북하니 앞으론 그따위 말 입에 담지 말도록."

비앙카에게 빠진 녀석들이 찾아와 사랑을 논할 때마다 라키아는 그 입을 찢어주고 싶은 충동에 휩싸였다.

아직 그의 눈에 비앙카는 한없이 어렸고, 그런 동생을 노리는 놈들은 전부 미친놈으로 보였다.

"제게 기회를 주십시오. 제가 어떻게 하면 허락해 주시겠습니까?"

"네 녀석이 뭘 하든 소용없다. 난 십 대 소년에게 내 동생을 줄 순 없어!"

"그럼 제가 나이를 먹으면 되는 겁니까?"

"뭐야?"

"삼 년 후면 스무 살이 됩니다. 그때까지라면 어떻게든 버텨보겠습니다."

당돌함이 하늘을 찌르는 녀석이었다. 하도 어이가 없다 보니 이젠 화조차 나지 않았다.

더욱이 3년 후면 놈이야 갓 청년이 된다지만, 비앙카는 스물다섯이 될 것이다. 제국에선 신붓감으로 적지 않은 나이다.

마음 같아서야 평생을 데리고 살고 싶지만, 나이가 더 들기 전에 시집을 보낼 생각이었고, 당연히 셀빅을 기다려줄 의사는 전혀 없었다.

"내기 하나 할까?"

간절한 셀빅의 태도에 마치 선심을 쓰듯 라키아가 제안했다.

"내기라니요?"

"보아하니 넌 포기를 안 할 것 같고, 나 또한 절대 허락하지 않을 생각이니 합의점을 찾아야 하지 않겠나?"

"그 합의점이란 게 내기라는 겁니까?"

"왜, 겁나나?"

"그런 건 아닙니다. 단지 비앙카 누나를 두고 내기를 한다는 게 내키지 않아서요."

'막 나가는 철부지는 아니군.'

녀석의 감정이 가볍지만은 않다는 걸 알 수 있는 대목이었다. 제법 기특하긴 했으나 라키아의 음성은 여전히 싸늘했다.

"난 좋을 것 같나?"

라키아가 자신을 중심으로 바닥에 원을 하나 그렸다.

그의 갑작스러운 움직임에 구경하던 학생들이 동요하며 웅성거렸다.

"이걸 내가 왜 그랬을 것 같나?"

"혹시 백작님을 원 밖으로 끌어내는 것이 제가 해야 할 일입니까?"

"머리가 나쁜 편은 아닌가 보군."

씨익 미소 짓는 라키아의 얼굴이 어느 때보다 사악하게 빛났다.

"자신 없으면 지금이라도 그만둬도 좋다."

라키아가 검이 아닌 검집을 손에 쥐며 도발하자 가만히 서 있던 셀빅이 검을 빼 들었다. 날카로운 쇠붙이 소리가 연무장을 차갑게 울렸다.

"내기에 응하는 대신 저도 조건이 있습니다."

"조건?"

"네, 검집은 사양하겠습니다."

"나보고 빈손으로 상대하라?"

"승부는 정정당당해야죠. 나중에 딴소리 듣기 싫습니다. 같은 남자로서 대우해 주십시오."

그 말인즉슨 라키아도 검을 꺼내라는 뜻이었다.

"훗."

가소로운 한편 재밌었다. 묘한 기대심리마저 생겼다. 어처구니없게도 이제껏 만난 놈 중 가장 어린놈에게서 어른스러움이 느껴졌다.

"원한다면야."

검이든 검집이든 그에게 달라질 것은 없었다. 불리한 것은 오히려 상대였다.

"감사합니다."

승산이 더 줄었음에도 불구하고 셀빅이 감사 인사를 잊지 않았다. 녀석이 숨을 가다듬더니 천천히 라키아를 향해 다가갔다.

이 모든 상황을 조마조마한 눈길로 지켜보던 한 남자. 셀빅의 선생이 억울하다는 듯 엘을 향해 목소리를 높였다.

"세상에 저게 말이 됩니까? 저건 그냥 셀빅 군에게 포기하라는 것과 같지 않습니까! 이건 너무 불공평합니다!"

"원래 세상은 불공평한 겁니다. 그 나이까지 그것도 모르고 사셨습니까?"

"뭐라고요? 말리지는 못할망정 그 무슨 망……."

"셀빅 군은 지금 간절히 원하고 있습니다. 그렇다면 도전해야지요."

"불공평한데도 말입니까?"

"그게 인생이니까요. 소원하는 자가 언제든 불리한 법입니다. 선생님께서 아카데미에서 가르치시는 게 그런 거 아닙니까?"

"......!"

아니다. 노력하는 사람에게 세상은 언제나 공평하단 것이 평소 그의 가르침이었다.

그러나 순간 그는 딱히 반박할 말이 떠오르지 않았다. 나지막한 엘의 음성에는 설명하기 힘든 어떤 설득력이 담겨 있었다.

"정 걱정이 되거든 응원이나 하십시오. 또 압니까? 셸빅 군이 이길지."

"그건 저라도 불가능합니다. 일말의 가능성조차 없다고요."

"제자를 너무 띄엄띄엄 보시는 건 아니고요?"

"셸빅 군은 실력과 재능을 겸비한 우수한 학생입니다. 아카데미 내에서도 손에 꼽을 정도로요. 단지 백작님의 실력이 지나치게 월등할 뿐입니다."

"남자의 순정을 얕보지 마세요. 기적이라는 건 대개 간절한 마음에서 나오는 거랍니다."

비앙카는 엘에게도 소중한 친구였다. 그녀는 왠지 셸빅이 싫지 않았고, 녀석이라면 비앙카를 행복하게 해줄 수 있을 것 같다는 생각이 들었다.

'셸빅 군, 힘을 내세요!'

엘이 라키아 몰래 셸빅을 응원했다.

"에효, 이럴 줄 알았으면 그냥 리즈완 백작님을 초청할

걸 그랬습니다. 그분이었다면……."

"그만!"

흐뭇함도 잠시, 깜짝 놀란 엘이 숨을 헐떡이며 사내의
입을 틀어막았다.

"당신 미쳤어요? 그 인간 얘기는 여기서 왜 꺼냅니까?
라키아 님이 들으시면 어쩌려고!"

"나우 안 그앙……."

"라키아 님이 그 인간 싫어하는 거 모르세요? 지금 라
키아 님을 자극하면 셀빅 군만 손해라고요! 대체 당신 누
구 편입니까? 네?"

"거거아……."

"그냥 입 다물고 가만히 계세요. 그게 도와주는 겁니
다. 아시겠어요?"

끄덕끄덕.

"한 번만 더 이상한 소리 했다가는 각오하셔야 할 겁니
다!"

엄중히 경고한 뒤에야 그녀가 손을 거두었다.

"엘, 뭐하는 거야?"

뜻하지 않은 음성이 들린 것은 그때였다.

"아사 님?"

그는 혼자가 아니었다. 엘에게 라키아를 맡긴 장본인,
리안이 함께 걸어오고 있었다.

"강의는 어쩌시고……? 그보다 아사 님께선 묘인국에 계신 거 아니었습니까?"

"응, 방금 왔어. 오자마자 리안이 보고 싶어서 달려왔지."

"저도 강의 마치고 오는 길입니다. 그런데 어떻게 된 겁니까?"

리안이 눈짓으로 라키아를 가리키며 물었다. 연무장 내 분위기도 분위기지만, 라키아의 표정이 심상치가 않은 게 평범한 대련 훈련이 아님이 분명했다.

"아, 저 그게……."

"이사장님께서 꼭 좀 말려주십시오! 저러다 셀빅 군 아주 큰일 납니다!"

머뭇거리는 엘을 대신해서 나선 것은 사내였다. 그가 둘 사이로 불쑥 끼어들며 리안에게 도움을 청했다.

"클라플린 선생님이시죠? 무슨 일인지 차분히 설명해주실 수 있겠습니까?"

"예, 이사장님. 이 모든 게 다 제 잘못으로 빚어진 일입니다. 괜히 제가 로드리게즈 백작님을 초빙해서 이 사태를 만들었습니다……."

자책감에 빠진 사내의 설명이 한동안 이어졌다.

"호오! 그러니까 저 소년이 비앙카의 남자친구다, 그거지?"

별 관심 없이 듣고 있던 아사가 선생의 옆에 찰싹 들러붙기 시작한 것은 라키아가 펄쩍 뛰었다는 부분에서였다.

"그래서? 비앙카가 뭐래? 비앙카도 쟤 좋아한대?"

"예에, 뭐…… 허락을 받아오면 연애도 할 수 있다고……."

"큭큭큭, 흰머리 완전 약 올랐겠다! 어떡하면 좋냐! 리안, 걱정된다. 그치?"

"아사, 말과 표정이 전혀 다르잖아."

"그래?"

리안의 지적에도 어깨만 으쓱일 뿐 아사는 끝까지 싱글벙글이었다. 마치 이보다 더 재밌는 이야기는 세상에 없다는 듯 간간이 혼잣말까지 동원하며 키득거리는 게 꽤 오래갈 것 같았다.

"엘, 스카스가드 백작은 어떤 사람입니까?"

비앙카는 리안에게도 동생이나 마찬가지였다. 셀빅의 어린 나이가 리안 역시 걸리기는 하지만, 비앙카가 선택했다면 그럴 만한 이유가 있다고 생각했다.

"공작님도 아시다시피 맥카시 전 공작이 무너지면서 황궁 제2기사단 또한 괴멸되었습니다. 황실은 그 공백을 메꾸어야 했고, 그 적임자로 천거된 이가 바로 스카스가드 백작입니다. 소드 익스퍼트 최상급의 실력자로 십 년 이내 소드 마스터의 경지에 오르게 될 거라고 점쳐지고 있습니다."

"남작이었다가 이번에 승격이 된 거죠?"

"네, 일찍 혼인한 덕분에 셀빅 군과 같은 아들을 두고서도 아직 삼십 대의 창창한 나이를 자랑하고 있습니다. 어린 시절 만났던 아내에 대한 사랑이 여전히 각별하다고 알려져 있지요."

리안이 안다는 듯 고개를 끄덕였다. 긴밀한 대화를 나눠보지는 않았으나 몇 번 마주친 적이 있었다. 멀리서도 서로에 대한 애정이 느껴질 정도로 부부는 친근해 보였다.

'그런 부모 밑에서 자란 녀석이라면……'

사랑을 제대로 받은 자만이 제대로 줄 수도 있다. 유년을 외롭게 보낸 비앙카에게 셀빅은 어찌 보면 딱 어울리는 남자였다.

"리안, 내가 가서 좀 도와줄까?"

"도와주다니?"

"비앙카 남친 말이야. 흰머리를 원 밖으로 끌어내야 내기에서 이긴다며. 아무래도 혼자서는 버거울 것 같거든."

"안 돼, 아사! 절대 그러지 마."

리안은 재빨리 아사의 앞으로 가 녀석의 시야를 막았다.

"왜? 쟤 괜찮은 인간이라면서. 리안도 마음에 든 거 아니야? 비앙카도 좋아한다잖아."

"그러니까 안 된다고. 비앙카를 위해서도, 셸빅을 위해서도 우린 가만히 있어야 해."

"그게 무슨 말이야? 왜 난 이해가 안 가지? 엘은 이해돼?"

아사가 인상을 쓰며 돌아보자 엘이 웃으며 얘기했다.

"공작님 말씀은 셸빅 군의 진심을 방해하면 안 된다는 뜻입니다."

"진심?"

"네, 아사 님. 사랑하는 비앙카 아가씨를 걸고 하는 내기잖아요. 누구보다도 정정당당하게 이기고 싶을 겁니다."

"아하!"

그제야 이해한 아사가 손으로 무릎을 쳤다. 듣고 보니 그랬다. 자신이었더라도 혼자의 힘으로 이겨내고 싶었으리라.

"내가 생각이 좀 짧아? 그치?"

멋쩍은 듯 목을 긁으며 아사가 외쳤다.

"비앙카 남친, 파이팅! 힘내라, 힘!"

오늘 처음 만난(아직 얘기도 나눠보지 않은) 인간 소년을 위해 아사가 열심히 목청을 높여 응원했다.

그러나 아쉽게도 정작 셸빅은 그 소리를 전혀 듣지 못

했다. 흐르는 땀방울을 손으로 닦아내며 녀석이 거친 숨을 몰아쉬었다.

"벌써 지쳤나?"

"헉헉……."

"힘들면 포기해도 좋다. 고생은 사서 하는 게 아니지."

"헉, 헉."

"보시다시피 난 원 밖은커녕 서 있던 자리에서 한 걸음도 벗어나지 않았다. 그래도 계속할 텐가?"

셀빅의 지친 시선이 라키아의 발밑을 향했다. 원 안과 밖은 상당히 대조적이었다. 깨끗한 안쪽에 비해 바깥은 무수한 발자국으로 어지러운 흔적을 남기고 있었다.

"실망할 것 없다. 이게 너와 나의 차이니까."

"실망한…… 것이 아닙니다."

숨을 몰아쉬며 셀빅이 라키아를 곧이 응시했다.

"나보다 나은 자를 보고 본받으라 했지, 시기하라 배우지 않았습니다."

"옳은 말이다."

"그리고 백작님께선 내기의 기한을 정하지 않으셨습니다. 전 언제고 계속 도전할 수 있다는 얘기지요."

'호오, 이것 봐라?'

지칠 대로 지친 주제에 검을 곧추세우는 자세가 이전보다 훨씬 좋아졌다. 정신력과 집중력이 뛰어나다는 증거였다.

'어려도 남자라는 건가?'

승부욕에 불타 이글대는 눈빛이 어쩐지 싫지 않았다. 지금만큼은 녀석의 나이가 생각나지 않았다.

"그럼 다시 갑니다."

쉬는 시간은 끝났다. 셀빅이 허점을 노리며 돌진해 들어왔다. 여전히 호흡은 거칠었지만, 기술은 살아 있었다.

'비앙카가 이 녀석을 왜 좋아하는지 알 것 같군.'

셀빅의 검을 막으며 라키아는 처음으로 머릿속이 복잡해졌다.

제7화

합동결혼식

　사흘 밤낮을 쉬지 않고 퍼붓던 거센 빗줄기가 결혼식
당일 아침이 되자 거짓말처럼 멈추었다. 두 커플의 행복
한 앞날을 예고라도 하듯 맑게 갠 하늘이 언제보다 푸르
렀다.

　밤새 비 걱정으로 잠 못 이뤘던 사람들도 그제야 얼굴
을 펴고 일어나 손님 맞을 채비에 들어갔다.

　"젠센, 창고에 가면 쌓아둔 모래주머니가 있을 것이다.
그것들을 전부 가져가서 성문 앞에 뿌리거라!"

　하객들을 진흙탕으로 반길 수는 없었다. 알만의 명이
떨어짐과 동시에 젠센이 건장한 하인 셋을 데리고 창고로 달려갔다.

"헬렌, 주디스. 너희 둘은 주방으로 가 그리피스 아줌마를 돕도록 해라. 비가 그쳤으니 손님이 늘 게다. 그리고 거기!"

알만이 화려한 꽃장식과 천을 든 하녀들을 쳐다보며 손짓했다.

"너희는 속히 나를 따르거라."

그들이 향한 곳은 실내가 아닌 밖이었다. 쏟아지는 비 때문에 그간 손도 대지 못했던 입구와 정원이 곧 색색으로 물들며 분위기가 달라지기 시작했다.

"라키아 님, 거긴……!"

결혼식 두어 시간 전.

모두가 분주함으로 바쁜 시간을 보내고 있을 그때, 신랑 대기실의 문이 노크도 없이 벌컥 열렸다. 한창 단장 중이던 두 신랑, 스캇과 클로드의 고개가 자연스럽게 돌아갔다.

"단장님!"

라키아의 등장에 스캇이 반색하며 자리에서 일어났다. 이미 작년에 단장직에서 물러난 라키아지만, 오랫동안 입에 밴 습관은 쉬이 고쳐지지 않았다.

"나 이제 단장 아니라니까."

"저에게 한번 단장은 영원한 단장입니다!"

"그러다 너희 단장이 싫어할라."

"상관없습니다!"

라키아는 그저 피식 웃었다. 그를 단장이라 부르는 건 스캇만이 아니었다. 그리고 라키아도 그것이 싫지만은 않았다.

"감사합니다. 저를 위해 친히 이곳까지 왕림해주시고. 역시 단장님밖에 없습니다!"

"앞서 가지 마라."

"네?"

갸웃거리는 스캇을 제치고 라키아가 클로드에게 걸어갔다.

"소감은?"

"……무슨 소감 말입니까?"

옷매무시를 가다듬고 있던 클로드가 뒤돌아서며 라키아를 마주 봤다. 평소 안면은 있으나, 따로 안부를 챙긴다든가 대화를 나누는 사이는 아니었기에 지금의 상황이 조금 의아했다.

"오늘이 무슨 날이지?"

"그거야 제 결혼식……."

"이래도 무슨 소감인지 모르겠나?"

무슨 일인지 라키아의 음성엔 날이 서 있었다. 표정 또한 냉랭하기 그지없었다.

'뭐지?'

이상했지만 클로드는 일단 대답했다.

"아직은 별로 실감이 나지 않습니다. 식을 끝내고 집으로 돌아가 봐야 알 것 같습니다."

"새신랑의 목소리치고는 아주 무미건조하군."

"……제 말투가 원래 그렇습니다. 혹시 시비 걸러 오신 겁니까?"

"클로드!"

어째 분위기가 살벌하다. 안절부절 둘을 지켜보던 스캇이 잽싸게 끼어들며 친구를 나무랐다.

"너 인마, 단장님께 그게 무슨 말버릇이야? 왜 그래? 엉?"

"너도 같이 들었잖아. 나만 느낀 거냐?"

스캇의 물음에 답을 하면서도 클로드의 시선은 라키아를 향해 있었다. 잘못한 게 없으니 꿀릴 것도 없다는 듯 당당한 눈빛이었다.

"건방진 건 여전하군."

예전부터 그랬다. 딱히 예의 없이 굴지도 않았지만, 녀석은 원래가 라키아 앞에서도 주눅 드는 법이 없었다.

"부정하지는 않겠습니다. 다만 그 말을 라키아 님께 들으니 기분이 묘하군요."

"야, 이 자식아! 너 미쳤냐? 정신이 회까닥 돌았어? 우리 단장님이야! 눈 똑바로 뜨고 확인해!"

말만 다르지 숨은 뜻은 같았다. 놀란 스캇이 친구의 어깨를 붙들고 흔들었지만, 클로드는 요지부동이었다.

"신부에게도 그러나?"

"……?"

"연인에게도 지금처럼 그렇게 딱딱한가 물었다."

"아니요, 아닙니다! 단장님께서 못 보셔서 그렇지, 얘네 장난 아니에요! 얼마나 닭살 돋는다고요. 안 그러냐, 엉엉?"

친구를 대신해서 스캇이 열렬하게 변명했다. 라키아가 방문한 이유를 그제야 눈치챈 것이다. 녀석이 연방 고개를 저어가며 클로드의 팔뚝을 쳤다.

"휴."

클로드가 한숨을 짓더니 말했다.

"매들린을 특별하게 여기신다는 거 알고 있습니다. 그리고 그 점은 저도 매우 감사하게 생각하고 있습니다."

오래전 누명을 쓰고 쫓기던 라키아를 영주인 리안이 구했고, 손수 약초를 써가며 간호한 것이 매들린이었다. 그 계기로 치료사가 된 매들린의 이야기는 본성에서 모르는 이가 없었다.

"그래?"

"네, 그동안 영주님과 별개로 매들린을 도와주시고 챙

겨주셔서 고맙습니다."

얼음기사라 불리는 저 차가운 얼굴이 매들린 앞에서는 따스한 봄바람처럼 변한다는 걸 오래전부터 알고 있었다. 그래서 그가 싫었던 적도 있지만, 클로드는 굳이 얘기하지 않았다.

"그럼 어떻게 해야 하는지도 알겠군."

라키아가 히죽거리며 클로드를 내려다보았다. 그 미소가 마치 협박하는 것처럼 느껴져 당사자도 아닌 스캇의 손에 땀이 찼다.

"걱정하시는 일 아마 없을 겁니다. 싸울 날도 있겠지만, 행복한 날이 더 많을 테니까요."

"전에 여자 문제로 헤어졌었다지?"

"오해로 빚어진 일입니다."

"맞아요! 뱅크 여직원이 혼자서 좋아한 거지, 얘는 아무 관심도 없었어요!"

자신이 오해라도 받은 양 스캇이 펄쩍 뛰며 손을 휘저었다.

"만에 하나 차후 비슷한 일이 생긴다면……."

라키아의 목소리가 무겁게 깔렸다.

"날 다시 보게 될 것이다."

"경고입니까?"

"아니, 호의다."

"전에는 왜 그냥 두신 겁니까?"

"결혼하지 않았으니까."

클로드가 픽 웃음을 지었다. 팔자에도 없는 귀족 처남이 생긴 것에 대해 좋아해야 할지 싫어해야 할지 감이 잡히지가 않았다.

"갑자기 왜 웃어? 진짜 처돌았냐?"

"돌긴 누가 돌아. 넌 너나 걱정해, 인마!"

"뭘 걱정? 우린 너희처럼 안 싸우고 잘만 지냈거든. 이거 왜 이래!"

"원래 한 번도 안 싸운 커플이 더 무섭다는 걸 네가 모르는구나. 너희 그러다 한 방에 팍 터지는 수가 있다? 요즘 이혼율 엄청나게 높은 거 알지?"

"이게 진짜 악담을 해라. 확 그냥 한 대 패버릴까 보다!"

"결혼식 아침을 구타 스캔들로 시작하려고?"

"내가 이래 봬도 우리 단장님께 배워서 티 안 나게 때리는 데는 선수거든? 안 그렇습니까, 단장님?"

당연히 편을 들어줄 거라는 기대를 안고 스캇이 라키아를 찾았다.

"에?"

그러나 그 대상인 라키아는 어느새 본래 위치가 아닌 문 앞에 가 있었다.

"벌써 가시는 겁니까?"

결혼을 축하한다는 짧은 인사말조차 없었다. 그저 문이 닫히기 전 손 한 번 든 것이 다였다.

"뭐야, 단장님. 너무하시잖아. 어떻게 매들린 얘기만 하다가 가실 수 있지?"

"그만큼 매들린을 아끼신다는 거지."

"나는? 단원인 나는 안 아끼신다는 거냐? 엉?"

"그렇게 부러워할 거 없다. 앞으로 피곤하면 피곤했지, 좋아질 건 없으니까."

갑자기 부쩍 열이 나면서 더워졌다. 클로드가 재킷을 벗어 던지며 소파에 주저앉았다.

"그게 뭔 소리냐?"

"나 협박받는 거 봤잖아. 매들린과 부부싸움이라도 했다가는 검이라도 뽑으실 것 같더라. 그렇게까지 매들린을 아끼실 줄은 몰랐다."

"그거야 당연한 거 아니냐? 영주님도 영주님이지만, 그때 매들린 아니었으면 우리 단장님 영영 깨어나지 못하셨을 수도 있었다고. 부상이 정말 심각했거든. 매들린은 아주 대단한 일을 한 거야."

"나…… 결혼하지 말까?"

"에라이, 미친놈아!"

스캇이 다가오더니 클로드의 뒤통수를 갈겼다.

"지금 그게 할 소리냐? 오늘이 결혼식이거든!"

"왜 때리고 지랄이야! 그냥 해본 소리잖아! 내가 너처럼 얼빠진 녀석인 줄 아냐?"

단지 라키아란 존재가 부담스러운 것뿐이었다. 매들린은 클로드가 오랫동안 짝사랑해 온 여자였고, 놓치고 싶지 않은 짝이었다.

"매들린이 방금 네 말을 들었으면 어떤 표정을 지었을지 참 궁금하다! 아니다, 이럴 게 아니지. 내가 가서 일러 줘야겠다!"

"딱 서라."

"싫거든?"

"그래? 그럼 나도 가만히 못 있지."

클로드가 음흉한 표정으로 일어섰다.

"가만히 못 있으면?"

"난 네가 지난달에 한 일을 알고 있지. 후후."

"지난달? 지난달 뭐!"

"풋, 총각 파티를 하겠다고 단원들과……."

"야야, 그만! 그만!"

맹세하건대 그날 스캇은 양심에 찔리는 행동 같은 건 절대 하지 않았다. 그저 총각 파티 자체를 신부인 요한나가 알아봤자 좋을 게 없었기에 말을 안 했을 뿐이었다.

"앞으로 네 행동에 따라 내가 어떻게 나갈지 나도 모른다. 그러니 알아서 잘해라, 친구야."

"그냥 둘 다 입 다무는 걸로 합의하자. 어때? 엉?"

"맨입으로?"

"내가 술 산다. 네가 처먹고 싶은 만큼. 됐냐?"

짠돌이라서 자제할 뿐이지, 클로드는 타고난 주당이었
다. 스캇이 손을 내밀자 클로드가 씩 웃으며 합의했다.

"당근이지!"

왠지 손해 보는 느낌이 왕창 들었지만 스캇에게 선택권
은 없었다. 녀석에겐 돈보다 요한나의 기분이 더 중요했
다.

"총각에 총 자도 꺼내지 마라. 약속하지?"

"너도 마찬가지다. 알간?"

그렇게 두 남자의 비밀스러운 거래가 무르익어갈 무
렵.

신랑 대기실을 나선 라키아가 다음으로 향한 곳은 신부
대기실이었다. 그가 조금 전과는 사뭇 다른 태도로 대기
실의 문을 정중히 두드렸다.

"라키아 님!"

안에는 매들린 혼자였다. 곱게 화장을 한 그녀가 반가
운 얼굴로 라키아를 맞았다.

"잘 잤나?"

"아니요. 하나도 못 잤어요."

매들린이 울상을 지으며 토로했다.

"너무 떨린 거 있죠. 심장이 쿵쿵 뛰는 게 통 진정이 안 돼요."

"그래? 내가 도울 수 있는 게 생겼군."

라키아가 성큼성큼 걸어가 매들린의 등에 손을 대었다.

"백작님?"

"쉿."

라키아의 돌연한 행동에 매들린이 어리둥절해할 때였다. 따사로운 기운이 등을 타고 그녀의 몸속으로 들어왔다.

신기한 것은 그 기운으로 인해 빠르게 뛰던 심장이 조금씩 안정을 찾으며 진정이 되었다. 한결 마음이 평온해지면서 숨 쉬는 것도 편안해졌다.

"어때? 좀 나아졌나?"

어느새 라키아는 손을 떼고 뒤로 물러나 있었다.

"혹시 지금 제게……."

"별거 아니지만, 결혼 선물이라고 해두지."

"선물이라면 이미 받았는걸요."

매들린이 목에 걸고 있던 목걸이를 소중하다는 듯 감쌌다. 그것은 어젯밤 비앙카가 찾아와 직접 그녀에게 준 것이었다.

"매들린, 결혼 축하해. 이건 내 선물."

"아가씨, 아닙니다. 선물이라니요! 미천한 제게 어
찌……."

"그런 말 쓰지 말라니까. 우린 친구잖아. 내 성의니
받아줘."

몇 번을 거절했지만 단호한 비앙카의 음성에 매들린
은 결국 어쩔 수 없이 상자를 받고 말았다.

"안 열어봐?"

조심스레 뚜껑을 열어보던 매들린이 놀란 듯 탄성을
터뜨렸다.

"비앙카 아가씨, 이건……!"

"마음에 들어? 내가 직접 고른 거야. 드레스와 잘 어
울릴 것 같았거든."

"너무 예뻐요! 세상에, 제가 진정 이걸 받아도 되는
건가요?"

보석에 대해 잘은 모르지만, 척 보기에도 매우 비싼
고가의 물품이었다. 화려한 금박 체인에 에메랄드빛 메
달의 목걸이가 매들린은 한눈에 마음에 들었다.

"그럼! 내가 주는 선물이잖아."

"감사해요, 아가씨. 이런 귀한 걸 저 같은 사람에
게……."

"행복하게 살아야 해, 매들린. 힘든 일 있으면 언제든지 말하고."

"먼저 가서 죄송할 따름이에요."

"무슨 소리야, 그게? 매들린이 먼저 시집가는 게 어때서."

"그치만 아가씨께선 아직 백작님의 허락도……."

"에이, 괜찮아! 셀빅이 열심히 노력하고 있으니까 언젠가 오빠도 허락해 주겠지. 내 걱정은 하지 마!"

남자친구에 관한 이야기가 나오자 비앙카의 눈에서 빛이 났다.

"참, 내일 셀빅도 오기로 했어. 그동안 보고 싶었지?"

"어머, 정말요? 네! 네! 어떤 분인지 너무 궁금했어요!"

그간 말로만 들었지 아직 본 적이 없었다. 비앙카의 마음을 뒤흔든 열일곱 살의 소년. 지금 본성의 하녀들은 온통 그 얘기뿐이었다.

"매들린의 결혼도 같이 축하할 겸 내가 불렀어. 아직 아무도 모르는 비밀이니까 누구한테도 말하면 안 된다. 알겠지?"

"백작님도 모르시는 거예요?"

"응, 알면 못 오게 할 수도 있잖아."

"그러다 화라도 내시면……."

"아니, 그러진 않을 거야. 매들린의 결혼식이잖아. 내 일만큼은 오빠도 꾹 참을걸?"

"아하. 인제 보니 아가씨, 그걸 노리신 거였군요?"

"헤헤, 나 좀 약았나?"

배시시 웃는 비앙카의 손을 매들린이 꼭 잡았다.

"아니요, 귀여우세요. 그리고 잘하셨어요. 어쩌면 라키아 님도 포기하실지 모르잖아요? 그렇게 계속 밀어붙이세요!"

"그래도 될까?"

"모두 얼마나 열심히 응원 중인데요. 비앙카 아가씨껜 저희가 있잖아요. 힘내세요! 아자아자!"

"고마워, 매들린. 나 꼭 힘낼게. 아자아자!"

구호를 외치며 두 여인이 까르르 웃음을 터뜨렸다. 결혼식이 바로 내일로 다가오고 있었지만, 그녀들의 웃음 섞인 수다는 밤이 새도록 계속되었다.

"비앙카가 준 건가?"

두 여자 사이에 어떤 모의가 오갔는지 전혀 알지 못한 채 라키아가 목걸이를 내려다보며 물었다.

"네, 제게 너무 과분한 선물을 주셨어요."

"과분하긴. 잘 어울리는데 뭐."

매들린의 웨딩드레스는 몸에 밀착되는 형식의 복잡하

지 않은 단순한 디자인이었다. 목걸이는 자칫 밋밋해 보일 수 있는 스타일에 포인트가 되어 그녀의 미모가 한층 돋보일 수 있게 해주었다.

"살다가 속상한 일 생기면 언제든 찾아와. 내가 가서 혼쭐을 내줄 테니."

"말씀만으로도 감사해요. 그런데 아마 그럴 일 없을 거예요. 제게 얼마나 잘해주는데요."

"그 녀석이 퍽이나 잘해주겠다."

"진짜예요. 백작님이 모르셔서 그렇지, 얼마나 자상한 남자인데요. 오히려 제가 무심한 편인 걸요? 혼날 사람은 그가 아니라 저예요."

라키아가 정말 어떻게라도 할까 봐 겁이 났는지 매들린이 필요 이상으로 역성을 들었다.

"남편 될 사람이라고 벌써부터 편들기는."

"아니에요. 저는 그냥 있는 그대……!"

"잘 살아라."

"배, 백작님……!"

처음이었다. 무뚝뚝함의 대명사인 라키아가 미소를 지으며 매들린을 안았다. 놀란 나머지 그녀는 말까지 더듬었다.

"아프지 말고."

울컥 눈물이 솟는다. 죄송스럽게도 그 순간엔 마치 그

의 여동생이라도 된 듯한 기분이었다. 그 낯선 느낌이 매들린을 행복하게 만들었다.

*　　*　　*

시끌시끌하던 식장 안이 악단의 연주가 시작되자 거짓말처럼 고요해졌다. 실내를 가득 메우고 있던 하객들이 누가 먼저랄 것 없이 입구를 향해 목을 빼 들었다.

"들어가자."

멋지게 턱시도를 차려입은 스캇과 클로드가 심호흡한 뒤 당당히 안으로 들어섰다. 긴장 때문에 둘 다 안면 근육이 심하게 떨렸지만, 애써 그렇지 않은 척 꼿꼿이 턱을 들었다.

"새삼 이렇게 보니 늠름하게 컸네요. 감회가 새롭겠어요, 오스왈트."

"예, 마님. 늦게 들인 제자여서 그런지, 꼭 손주를 장가보내는 느낌이지 뭡니까. 주책없이 자꾸만 코가 시큰해집니다."

"저 둘이 우리 리안과 동갑이지요?"

오웬의 시선이 주례를 위해 단상에 올라 있는 리안에게로 향했다.

"영주님의 혼사가 아직도 걱정되시는 겁니까?"

"그럼요. 늘 걱정인걸요."

그녀가 들릴 듯 말 듯 한숨을 내쉬었다.

"뭐 이제는 거의 포기하기는 했어요. 도통 말을 들어야 말이죠. 그냥 때가 되면 하겠지, 하고 지내는 중이랍니다."

"너무 걱정하지 마십시오. 아직 젊지 않으십니까. 영주님께서도 분명 언젠가 좋은 배필을 만나실 겁니다."

꼭 그리되어야 했고, 그럴 날이 올 것임을 오스왈트는 확신했다.

"마님, 신부들이 들어옵니다!"

오웬의 근심이 깊어지려는 찰나, 결혼식의 꽃 신부들의 입장이 시작되었다. 그녀들의 등장에 조용하던 실내가 살짝 소란스러워졌다.

"우리가 알고 있던 그 매들린, 요한나 맞아?"

"무슨 마법을 부린 거지? 꼭 딴 사람 같아!"

"드레스 좀 봐! 영주님께서 특별히 신경을 써주셨다고 하더니, 진짜 예쁘다!"

하얀 버진 로드 위를 걸어오는 두 신부의 모습은 진정 숨이 막힐 정도로 아름다웠다. 부끄러운 듯 고개를 숙인 채 아버지의 손을 잡고 입장하는 그녀들을 모두가 넋을 놓고 바라보았다.

잠시 후, 아버지들이 퇴장하고 네 남녀가 리안 앞에 섰다.

"스캇, 클로드, 요한나, 매들린."

리안이 한 사람씩 눈을 맞춰가며 이름을 불렀다. 신부
들이 살짝 미소만 지은 반면, 신랑들이 우렁차게 대답했
다.

"네! 영주님!"

킥킥거리며 웃는 소리가 들렸다. 그 웃음이 잦아들기를
기다렸다가 리안이 다시 입을 열었다.

"어떤 말로 주례를 시작해야 할까 많이 고민했습니다.
결혼식에 참석은 해봤지만, 주례에 관심을 둔 적은 한 번
도 없었거든요."

동감이라는 듯 몇몇이 머리를 주억거렸다.

"그러다 문득 그런 생각이 들었습니다. 오늘은 두 커플
에게 매우 뜻깊고 기쁜 날입니다. 그렇다면 당연히 축하
의 말부터 해야겠지요."

리안이 부드러운 표정으로 주인공들을 재차 훑었다.

"신랑 스캇 군과 신부 요한나 양, 그리고 신랑 클로드
군과 신부 매들린 양. 라모스시의 영주로서 또한 그대들
의 친구로서, 결혼을 진심으로 축하합니다."

"우리도 축하해!"

"잘 살아야 한다!"

박수 소리와 함께 하객들 사이에서도 휘파람과 축하의

인사말이 터져 나왔다.

"바쁘신 와중에 결혼을 축하하러 와주신 여러분께도 신랑과 신부 측을 대신해서 깊은 감사의 말씀 올립니다."

리안의 은은하면서도 힘 있는 말소리가 증폭 마법을 타고 식장 안으로 번졌다.

"결혼은 인생에서 가장 중요한 관문이라고 할 수 있습니다. 지금껏 혼자였던 내가 두 사람이 되어야 할 테니까요. 하지만 평생을 따로 지냈던 남녀가 한집에서 함께 산다는 것, 그것은 절대 쉬운 일이 아닐 겁니다. 여러 가지 이유로 다툴 일이 생길 것이고 그러다 서로에게 큰 상처를 줄 수도 있습니다."

리안은 아직 경험해보지 못했지만, 충분히 상상만으로 그것이 얼마나 힘이 들지 가늠할 수 있었다.

"제가 하고 싶은 말은 그런 순간이 올 때마다 상대를 이해하려고 노력해 보라는 겁니다. 먼저 왜 그랬을까, 생각하다 보면 충분히 납득할 수 있는 상황도 있을 것이고, 혹은 조금은 화가 누그러질 수도 있을 겁니다. 그러한 일이 점차 반복된다면 싸울 일은 점점 줄어들고 언젠가는 사라질 날도 있겠지요."

반드시 그러한 것은 아니지만, 노부부의 경우 그러한 것을 많이 보아 왔다.

"결혼이란 제일 친한 친구가 생기는 거라고 말하기도

합니다. 죽는 날까지 모든 것을 함께 나누고 살아가야 할 동지이자, 세상 누구보다 아끼고 챙겨야 할 소중한 이를 얻는 것이죠. 저는 두 커플이 그렇게 될 거라 믿어 의심치 않습니다."

리안은 잠시 숨을 가다듬었다.

"신랑 스캇 군과 클로드 군에게 묻겠습니다. 신부 요한나 양과 매들린 양을 아내로 맞이해서 기쁠 때나 슬플 때나 함께 의지하며 서로를 존중하고 사랑할 것을 맹세합니까?"

"네! 맹세합니다!"

기다렸다는 듯 스캇과 클로드가 입을 모아 한데 외쳤다.

"그럼 이번엔 신부들에게 묻겠습니다. 신부 매들린 양과 요한나 양은 신랑 클로드 군과 스캇 군을 맞이하여 기쁠 때나 슬플 때나 함께 의지하며 서로를 존중하고 사랑할 것을 맹세합니까?"

"네, 영주님."

"맹세합니다."

두 여인이 다소곳이 대답했다. 미소 짓는 리안의 음성이 커졌다.

"여기 있는 네 명의 신랑 신부가 모두가 보는 자리에서 맹세하였습니다. 이에 주례인 저 아드리안 폰 칼리스타 공작은 이 혼인이 원만하게 이루어졌음을 여러분 앞에서 엄숙히 선언합니다!"

"와아아아!"

짧지만 모두가 공감할 수 있는 인상적인 주례였다. 곳곳에서 환호와 함께 박수 소리가 넘쳤다.

잠시 얼떨떨한 얼굴이던 두 커플이 그제야 실감한 듯 서로에게 축하를 건네며 자신의 짝을 끌어안았다.

폭죽이 터지고 악단의 연주가 시작되었을 땐 깊은 키스로 서로의 마음을 확인하기도 하였다.

알만의 지시에 따라 성대한 음식들이 식장 안에 차려지며 본격적인 피로연의 막이 올랐다.

*   *   *

"매들린, 결혼 축하해!"

"황후 마마! 어떻게 여기까지……!"

하객들에게 감사 인사를 하느라 정신없이 홀을 오가던 매들린의 눈에 레지나가 띈 것은 파티가 시작되고 얼마 되지 않아서였다.

그녀의 등장에 매들린은 일순 자신의 눈을 의심했다. 그녀에겐 본성에서 결혼식을 올리게 된 것만으로도 꿈같은 일이다. 레지나까지 참석했을 거라고는 전혀 생각하지 못했다.

"매들린도 내 결혼식에 와줬잖아. 그러니 나도 빠질 수 있나."

"하지만 그러다 문제라도 생기면……."

"오빠가 있는데 무슨 걱정이야? 내가 장담하는데 여기가 황궁보다 더 안전할걸?"

어디 리안뿐인가?

차이와 라키아, 그리고 센까지 더하면 소드 마스터가 무려 셋이나 포진하고 있었다. 단언컨대 수만 대군이 몰려와도 끄떡없는 곳이 바로 이곳이었다.

"하긴요. 제가 황후 마마를 뵙고 놀란 나머지 거기까지는 미처 헤아리지 못했네요."

"나만 온 거 아닌데."

"네?"

"저기."

레지나가 웃으며 어딘가를 가리켰다.

"앗! 멜로디 공주님까지 오신 거예요?"

"본성에서 결혼식이 열린다고 하니깐 꼭 가고 싶다고 해서 데려왔어. 함께 와서 축하 인사를 먼저 해야 했는데, 보시다시피 저런 상태라."

어떻게 알았는지 멜로디의 주변엔 또래의 아이들이 바글바글했다. 대부분이 하인들의 자식들로 평민 복장을 하고 있었다. 그래서인지 멜로디가 더욱 눈에 띄었다.

"공주님을 아이들과 함께 두셔도 괜찮은가요?"

"안 괜찮을 이유 있나?"

"다들 착한 아이들이긴 하지만, 혹여……."

"나도 매들린과 같이 컸잖아. 내 경험상 친구는 많을수록 좋더라."

"황후 마마……."

"매들린, 결혼 진짜 축하해. 클로드와 잘 살아야 해. 그럴 수 있지?"

"그럼요. 황후 마마처럼 행복하게 살게요. 정말 감사드려요!"

감격의 연속이었다. 한낱 하녀에 불과한 자신을 친구라 여기며 아껴주는 그들의 마음씨에 매들린은 끝내 목이 메었다.

"좋은 날 왜 울고 그래. 주인공인데 춤 안 출 거야?"

"춰야죠. 출게요."

"화장 다 지워지겠다."

레지나가 손수건을 꺼내 매들린의 눈가를 닦아주었다.

"아름다운 신부님, 저랑 한 곡 추실까요?"

그때 어디선가 그룬버그가 나타나 손을 내밀었다.

"아저씨!"

"내 차례가 오기를 아까부터 기다렸지. 황후 마마, 소인이 신부를 데려가도 되겠지요?"

"얼마든지요."

레지나는 기꺼이 물러났다. 그룬버그가 허리를 숙여 예를 표하고는 매들린을 플로어로 이끌었다. 잠시 후, 부드러운 음악에 맞춰 그의 육중한 몸이 믿을 수 없을 정도로 매끄럽게 움직였다.

*　　*　　*

"오빠, 여기 있었네."

다른 주인공들에게도 축하 인사를 건넨 뒤 레지나가 찾아간 곳은 리안이 있는 곳이었다. 긴한 얘기를 나누듯 엘과 머리를 맞대고 있던 리안이 동생의 음성에 뒤를 돌아보았다.

"응, 레지나. 멜로디는?"

"치, 동생보다 조카가 먼저라 이거지?"

멜로디부터 찾는 오빠가 야속하다는 듯 레지나가 눈을 흘기자 당황한 리안이 얼른 변명했다.

"보이지 않으니 하는 말이야."

"거짓말. 멜로디가 안 놀아주니까 오빠도 좀 서운하지?"

"약간?"

"거봐. 쿡쿡!"

리안의 솔직한 대꾸에 레지나가 웃음을 터뜨렸다.

"호위는 따라갔겠지?"

"성 안인데 별일 있으려고. 난 외려 멜로디보다 멜로디랑 놀고 있는 아이들이 걱정이야. 가끔은 멜로디가 잡아먹을 것 같다니까? 부디 무사해야 할 텐데."

말은 그래도 이미 호위기사 여럿이 멜로디의 주변에 배치되어 있었다. 아무리 성내라지만 멜로디의 신분은 제국의 황녀였다. 마찬가지로 황후인 레지나 역시 잘 드러나지 않을 뿐 항시 호위가 따르고 있었다.

"그보다 무슨 대화 중이었어? 분위기가 아주 심각하던데?"

레지나가 호기심에 찬 얼굴로 리안과 엘을 번갈아 쳐다보다가 뒤를 향해 물었다.

"차이는 알고 있어요?"

답해줄 거란 기대는 애초에 하지 않았다. 단순한 인사 대신이었을 뿐이었다.

"궁금해?"

"응, 엄청."

"그럼 목소리 낮추고 이리와."

리안이 주위를 두리번거리더니 레지나를 구석으로 데려갔다.

"무슨 일인데 그래? 위험한 거야?"

"한 사람에게는요."

"한 사람?"

더 아리송했다. 레지나가 이마를 찡그리자 리안이 소곤 거리며 얘기했다.

"짧게 설명할게. 비앙카 양에게 남자 친구가 생겼어."

"헉! 정말?"

깜짝 소식에 레지나의 음성이 자연스레 높아졌다. 리안 이 황급히 동생의 입을 틀어막았다.

"조용히 하라니까!"

"누가 듣는다고? 아무도 없잖아."

"없기는!"

리안이 뒤쪽을 가리켰다. 음식이 차려진 곳이었는데, 익숙한 장신의 남자가 레지나의 눈에 비쳤다.

"아."

그제야 상황이 조금 이해가 되었다. 비앙카를 끔찍이 아끼는 라키아다. 당연히 남자 친구의 존재가 거슬릴 터, 그런 친구의 심기를 건드리지 않기 위해 오빠는 지금 애 를 쓰고 있는 것이었다.

"근데 저렇게 멀리 계시는데 들리겠어?"

"라키라면 충분히 가능해."

"정 불안하면 음파 차단 마법인가? 그거 사용하면 되

잖아."

"안 돼. 내가 마법을 시전하면 단번에 알아챌 거고, 이유를 찾아낼 거야. 그럼 우리 계획은 끝장이야."

"계획?"

"라키아 님은 아직 모르시거든요."

엘이 눈치를 살피다가 작게 뇌까렸다.

"모르다니요? 설마 남자 친구가 생긴 걸 모르신다는 거예요?"

"아니, 그건 알아. 오늘 여기에 온 걸 모르지."

"어머, 여기에 왔다고? 정말? 어디? 궁금하다! 보고 싶어!"

이제껏 레지나는 비앙카가 남자에게는 통 관심이 없는 줄 알았다. 지난 몇 년간 많은 남성들이 구애했지만, 단한 번도 받아준 적이 없었기 때문이다.

물론 거기엔 라키아의 과잉보호가 한몫하긴 했지만, 레지나가 보기에 비앙카도 딱히 생각은 없는 듯했다.

그랬던 그녀가 택한 사람이니, 얼마나 대단하고 근사한 남자일까?

같은 여자로서 기대감이 무럭무럭 피어올랐다.

"식장 안은 너무 위험해요. 정 만나 뵙고 싶으시다면 밖에다가 자리를 따로 마련해 보도록 하겠습니다."

"그렇게까지 해야 해요, 엘?"

"라키는 모르고 지나쳤으면 하거든. 식장에서 폭발하게 놔둘 수는 없어."

"백작님이 싫어하는 사람이야? 절대 허락할 수 없으시대?"

"그것보다는 나이가 좀……."

"나이가 왜요? 너무 많아서요? 몇 살인데요?"

"그 반대입니다."

"반대?"

"……다섯 살 연하야."

이해하지 못한 듯 레지나의 고개가 기울어졌다.

'비앙카 양의 나이가 몇 살이었지?'

수를 가늠해보던 레지나의 눈이 순간 번쩍 뜨였다.

"설마…… 십 대?"

"응, 올해 열일곱 살이야."

"헐!"

그야말로 '헐'이었다. 열일곱이면 남자라기보다는 소년이라 불러야 했다. 비앙카의 취향이 그런 쪽일 줄이야!

"백작님 완전 놀라셨겠다!"

"놀라기만 했으면 다행이게?"

"벌써 무슨 일 있었던 거야?"

지난번 특강 때의 일을 리안이 간추려서 들려줬다.

"스카스가드 가문이라면 이번에 황궁 제2기사단 단장

이 된 그분 맞지?"

"맞아. 거기 장남이야."

"아버지를 닮아서 당차구나? 실은 조금 전까지 어리다고만 생각했거든. 근데 그 나이에 백작님 앞에서도 기죽지 않고 맞섰다니, 다시 보이는걸?"

그 점은 리안도 엘도 동감이었다. 라키아와 승부를 겨룰 수 있는 배짱 하나만으로도 셀빅은 비앙카의 남자 친구 감으로 손색이 없었다.

"그렇지. 라키가 더 열이 받았다는 게 문제지만."

"열을 받아? 왜?"

엘이 설명했다.

"여동생의 남자는 존재만으로도 화가 나는 법입니다. 그 남자가 잘났을 경우 그 화는 두 배로 치솟고요."

"그건 좀 이상한데요? 여동생이 못난 남자랑 만나기를 바라는 오빠가 세상에 어디 있겠어요?"

"황후 마마, 저는 심리에 대해 말씀드린 겁니다. 오빠들에게 그들은 여동생을 유혹해 빼앗아 가는 악당입니다. 그 악당의 능력이 좋다면 그 확률은 자연히 높아지지 않겠습니까?"

"불안해진다는 말씀이군요?"

"네! 짝이 된다면 좋은 일이지만, 그전까지는 고약한 상대일 뿐이죠. 고로 라키아 님은 당분간 건드려서는 안 된다는 말씀입니다."

"폐하께도 잊지 말고 당부드려. 레지나 너도 입조심 하고."

라키아가 폭발하면 어떤 사람이 되는지는 레지나도 매우 잘 알고 있었다. 오늘같이 뜻깊은 날 그러한 일이 생기게 할 수는 없다. 그녀가 결의를 다지듯 단호히 고개를 끄덕였다.

"……!"

레지나의 시야에 불길한 영상이 잡힌 것은 그때였다.

"오빠, 혹시 아사도 이 일 알고 있어?"

"연무장에 같이 갔었어. 갑자기 그건 왜?"

"저기……."

레지나의 시선 끝에는 여전히 식사에 몰두 중인 라키아가 있었다. 달라진 점이라면 그런 그에게 아사가 방긋방긋 웃으며 접근하고 있다는 것이었다.

한데 느낌 탓일까?

녀석의 웃음이 어딘지 음흉해 보였다. 흡사 못된 장난을 앞둔 어린아이의 모습 같았다.

"설마 아사 님……!"

"아사, 안 돼!"

리안과 엘이 동시에 소리치며 즉시 라키아를 향해 뛰어갔다.

그러나 폭탄은 끝내 터지고야 말았다.

"뭐라고!"

막 맥주 한 모금을 들이켜던 라키아가 거칠게 잔을 내려놓으며 일갈했다. 그런 그의 눈에선 불길이 치솟았고 온몸에선 살기가 흘러나왔다.

"셸빅 이 자식, 지금 어디 있어!"

"후원에. 내가 불러올까?"

아사의 뒷말은 필요치 않았다. 후원이라는 말이 나온 순간 라키아는 이미 사라지고 없었다.

"아사, 대체 왜!"

뒤늦게 도착한 리안이 아사를 타박했지만 이제 와 소용없는 일이었다. 신 나서 쫓아가는 녀석의 뒤를 따라가는 수밖에는 별수가 없었다.

'라키가 제발 좀 참아야 할 텐데.'

친구를 말릴 생각에 리안은 벌써부터 머리가 지끈거렸다.

＊　　　＊　　　＊

그 시각, 오빠가 달려오고 있다는 사실은 꿈에도 모른 채 비앙카는 한창 즐거운 시간을 보내고 있었다. 사이좋게 손을 잡고 후원을 거니는 그들의 모습은 사랑에 폭 빠진 연인들이었다.

비앙카의 외모가 워낙 동안인 탓에 연상이라는 느낌은 거의 들지 않았다. 오히려 어린 십 대 커플을 보는 듯했다.

"우리 일주일 만이죠? 그동안 어떻게 지냈어요? 전 누나 많이 보고 싶었는데."

"나도 많이 보고 싶었어. 잘 지냈지?"

부끄러운 듯 얼굴을 붉히면서도 비앙카는 대답을 망설이지 않았다.

"네, 편지는 잘 받았어요. 답장은 오늘 직접 주려고 가져왔어요."

빠듯한 수업 일정과 개인 훈련으로 바쁜 시간을 보내는 셀빅이지만, 틈틈이 편지로 애정과 소식을 전하고 있었다. 그 세심함과 자상함에 비앙카가 반했다고 해도 과언이 아니었다.

"그리고 이건 선물이에요."

셀빅이 곱게 접힌 손수건을 한 장 건넸다.

"손수건이네? 향 좋다!"

손에 들기도 전에 은은한 장미향이 비앙카의 코끝을 간지럽혔다. 그리 특별한 건 아니었지만, 뜻밖의 선물에 기분이 날아갈 것 같았다.

"펴 보세요."

"응?"

선물이 손수건이 아니었어?

의아함은 잠시였다. 접힌 손수건 사이로 다른 이물질이 느껴졌다.

"헤에, 뭘까?"

기대에 찬 눈빛으로 손수건을 펼치는 비앙카를 셀빅이 사랑스럽다는 듯 내려다보았다.

"와아, 예쁘다!"

앙증맞은 크기의 머리핀이었다. 나비 모양의 형태에 푸른색과 은색의 보석이 촘촘히 박혀 있는 화려한 듯하면서도 귀여운 느낌의 핀이었다.

"마음에 들어요?"

"응응! 디자인부터 색깔까지 전부 다 내 취향이야! 어디서 샀어? 나 이 가게 어디인지 꼭 알려주라. 예쁜 거 많을 것 같아!"

"마음에 안 들면 어쩌나 고민 많이 했는데 다행이네요."

"셀빅이 주는 거라면 뭐든 좋아했을걸? 정말 고마워. 매일 하고 다닐게!"

"뒤돌아보세요."

직접 꽂아주고 싶었다. 비앙카가 돌아서자 검을 다룬다고는 믿기지 않을 정도로 길고 가느다란 손가락이 그녀의 머리카락을 부드럽게 어루만졌다.

손을 잡고 있을 때보다 어쩐지 심장이 더 거칠게 뛰었다. 여동생을 둘이나 둔 오빠답게 핀을 다루는 솜씨가 굉장히 능숙했다.

"다 됐어요."

비앙카가 다시 셀빅과 마주 섰다.

"어때? 잘 어울려?"

"역시 제 생각이 맞았어요."

"생각?"

"네, 이 핀을 보자마자 무조건 누나 것이라고 생각했거든요. 정말 예뻐요."

셀빅의 그윽한 눈길 앞에서 비앙카의 뺨이 또다시 발그레 물들었다. 이상하게도 그가 이렇게 쳐다볼 때면 비앙카는 다른 어떤 것도 할 수가 없었다. 두근거리는 가슴이 진정되기를 기다리는 것밖에는.

"거기까지!"

라키아가 도착한 것은 그때였다. 두 연인의 감성이 하나로 무르익어갈 시점에 세찬 바람과 함께 그가 당도했다.

"오, 오빠!"

"로드리게즈 백작님 오셨습니까."

당황한 비앙카와 달리, 올 것을 미리 알고 있기라도 한 듯 셀빅이 여유롭게 인사했다.

"안녕, 비앙카!"

아사를 필두로 리안, 차이, 엘도 잇따라 후원에 안착했다.

"아사 님, 공작님, 엘까지…… 딸꾹!"

갑작스러운 일행의 등장에 많이 놀랐는지 비앙카가 돌연 딸꾹질을 시작했다.

"괜찮아요?"

안 그래도 굳어 있던 라키아의 인상이 더욱 험상궂게 변했다. 셀빅의 두 손이 비앙카의 어깨에 닿아 있었기 때문이다. 연인을 염려하는 배려가 담긴 손길이었지만, 지금 그런 걸 따질 정신이 라키아에겐 없었다.

"당장 손 안 떼어!"

벼락같이 외치며 라키아가 비앙카를 끌어당겼다.

"머리에 피도 안 마른 놈이 감히 누구 몸에 손을 대는 거야! 날 이기기 전까지는 털끝 하나 건드리지 못한다고 했지! 아직 정신 못 차렸나?"

"오빠……."

"넌 가만있어!"

단 한 번도 사람들 앞에서 소리친 적 없는 오빠였다. 라키아가 이제껏 보지 못한 무시무시한 눈초리로 동생을 노려보며 야단쳤다.

"라키!"

지체할 틈이 없었다. 더 큰 사달이 나기 전에 막아야 한다. 리안이 라키아와 셀빅 사이로 끼어들며 친구의 허리를 끌어안았다.

"아가씨!"

그 틈에 엘이 서둘러 비앙카를 오빠의 품에서 구출(?)했다.

"에나벨, 이리 안 데려와?"

라키아가 고함쳤지만 엘은 못 들은 척 부러 시선을 피했다.

"리안, 저리 비켜! 놓으라고!"

라키아를 힘으로 이길 수는 없어도 버겁게는 할 수 있었다. 리안은 아예 몸에 매달렸다.

"라키, 진정해! 결혼식을 망칠 셈이야? 오늘이 무슨 날인지 잊으면 안 돼!"

"여기 지금 우리밖에 없거든? 실내도 아닌데 무슨 짓을 못 해!"

"그래도 나중에 매들린이 들으면 기분 좋을 리 없잖아. 울지도 모른다고! 안 그래, 아사?"

라키아가 날뛰면 아사야 좋은 구경을 할 수 있으니 신나는 일이지만, 리안에게 거짓말을 할 수는 없었다.

"아마도?"

녀석이 긍정하자 리안이 재차 설득에 나섰다.

"그것 봐, 아사도 그렇다잖아. 일단 참자. 응?"

매들린의 눈물이 통한 듯 라키아의 몸부림이 조금 잦아들었다.

"세상 어떤 신부도 자기 결혼식에서 분란이 일기를 원하진 않을 거야. 우리 매들린을 생각하자."

"어우!"

결국 몇 번의 구슬림 끝에 라키아가 몸에서 완전히 힘을 뺐다. 하지만 사나운 눈빛만은 여전히 셀빅을 향해 있었다.

"휴."

그의 진정에 가장 안심한 것은 비앙카였다. 행여 남자친구가 상해라도 입는 건 아닐까 노심초사하던 그녀가 눈을 감으며 안도의 숨을 몰아쉬었다(정작 당사자인 셀빅은 담담하기만 했다).

"와우! 이런 상황에서도 겁을 먹지 않다니, 역시 스카스가드 백작의 장남답습니다!"

그때 수풀 너머에서 불쑥 불청객이 나타났다. 이제는 익숙하다면 익숙한 사람, 바로 센이었다.

심기 불편한 라키아가 당연히 '저건 또 뭐야?'라는 눈빛으로 센을 바라보았고, 반면 자신도 모르게 드는 반가운 마음에 흠칫 놀란 엘이 입술을 옹송그리며 몸을 떨었다.

마치 그걸 다 안다는 듯 다가오는 센의 입가가 음흉한 미소로 번들거렸다.

"식장에서 인사는 나눴으니 생략하고, 셀빅 군. 생일이 언제지?"

"예……?"

"내가 알기로 비앙카 양은 10월 30일 전갈자리거든. 둘이 얼마나 잘 어울리는 사이인지 내가 봐줄까 하는데, 싫은가?"

"나도 막 그게 궁금한 참이었어! 비앙카 남친, 얼른 말해봐. 생일이 언제야?"

역시 호응해주는 건 아사밖에 없었다. 센이 허리를 굽히며 고맙단 제스처를 취하자 라키아가 버럭 소리를 질렀다.

"되다 만 고양이, 너 그 입 안 닥칠래? 누가 누구 남친인데! 그리고 궁금하긴 뭐가 궁금해! 리즈완 백작, 당신도 그만하지?"

하지만 셀빅으로 인해 화제는 그의 뜻과는 전혀 다르게 돌아갔다.

"3월 15일입니다."

비앙카의 눈에 어린 호기심을 읽고 셀빅이 답을 한 것이다. 어떤 결과가 나올지 그도 살짝 궁금하기는 했다.

"오호, 이거 운명인가요? 전갈에 물고기라니!"

"왜? 왜? 좋은 거야?"

"그럼요! 이것이야말로 환상의 조화라고 할 수 있습니다! 전갈자리의 기운을 북돋아 주면서 반대로 화기는 누그러뜨려 주는 별자리가 바로 물고기자리거든요! 비앙카양, 셀빅 군과 함께 있으면 편안한 느낌이 들지 않던가요?"

"아, 네! 맞아요."

"저돌적인 전갈과 고집스러운 물고기의 만남이지만, 기본적으로 둘은 같은 물의 성향을 띠고 있습니다. 그것이 서로의 상반되는 것들을 견디고 받아들이게 도와주지요. 나이 차이가 조금 나는 것도 플러스 요인이 될 수 있답니다. 후후!"

둘을 응원하겠다는 듯 셴이 씩 웃으며 한쪽 눈을 찡긋했다.

"대체 저 시답잖은 소리는 언제까지 들어야 하는 거지? 거슬리는 건 나뿐인가?"

태생적으로 라키아는 가벼운 자를 싫어했다. 볼 때마다 별자리 운운하는 것도 짜증인 판에 동생인 비앙카를 얘깃거리로 삼으니 더 불쾌했다.

"난 빨간 눈 재밌기만 한데."

"누가 되다 만 고양이 너한테 물었냐?"

"흥! 나도 혼잣말한 거거든?"

"아사."

리안이 고개를 저으며 얼른 아사를 뒤로 숨겼다. 오늘은 때가 아니다. 가까스로 진정한 라키아를 다시 화나게 하는 건 그들에게 이로울 게 없었다.

센도 그걸 눈치챘는지 라키아에게서 벗어나 엘에게로 접근했다.

"자, 우린 어떻게 할까요?"

"뭐를요?"

만나기만 하면 하도 엉뚱한 얘기를 해대는 통에 이젠 알아서 몸이 긴장을 탔다. 또 야한 농담을 했다가는 정강이를 차주겠다고 엘이 다짐하는 순간 센이 품에서 뭔가를 꺼냈다.

"받으세요."

"……이게 뭐죠?"

"보면 몰라요? 꽃이잖아요."

누가 꽃인 걸 몰라서 물어요?

엘의 표정은 딱 그랬다. 그러면서 한편으로 묘한 기분이 드는 게 꽃을 받아야 할지 말아야 할지 고민에 휩싸였다.

"꽃잎이 엘 양의 머리 색과 똑같죠?"

까만 꽃잎에 푸른빛이 감도는 것이 정말 엘의 머리칼과

비슷했다. 왠지 마음에 드는 꽃이었다. 무엇보다 다발이
아니어서 좋았다.

"지나가다가 문득 엘 양 생각이 나서 한 송이 꺾어봤습
니다."

그에게 이런 로맨틱한 면이 있었던가?

진지한 센의 말투에 엘은 얼결에 꽃을 받고야 말았다.

"역시 여자란 꽃에 약하군요. 언젠가는 엘 양이 제 마
음을 받아줄 줄 알았습니다!"

"마, 마음이라니요? 전 그냥 꽃이 예뻐서 받은 거라고
요!"

"부끄러워하지 말고 이리 오십시오."

오늘따라 유독 센이 능글맞게 느껴졌다. 그에 엘이 눈
살을 찌푸리자 센이 귀에다 속삭였다.

"엘 양, 지금 얼굴 빨개진 거 모르죠?"

"뭐, 뭐라고요!"

"이제 그만 진짜 진도 나갑시다. 원래 결혼하기 전에
손도 한 번씩 잡아보고 입술도 부딪쳐보고 그러는 거잖아
요. 이래 봬도 제가 엘 양을 위해서 지금껏 순결을 지켜
온⋯⋯."

거기가 마지막이었다. 센의 페이스에 휘말려 평소답지
않게 휘둘림을 당하던 엘이 정신을 차리고 반격에 나선
것이다.

"제가 경고했었죠? 다음번에는 절대 참지 않겠다고."

어금니를 깨물며 으르렁거리기를 잠시, 바람의 벗을 차고 있는 엘의 오른발이 힘껏 움직였다.

퍼억!

"으앗!"

센이 비명을 지르며 뒤로 나자빠졌다. 충분히 피할 능력이 있으면서도 센은 이후로도 계속 고스란히 엘의 발길질에 온몸을 내주었다.

"저 자식 마조히스트였어?"

"그럼 엘은? 설마 사디……?"

보는 이들이 어떤 상상을 하고 있는지 전혀 알지 못한 채, 그렇게 둘은 한동안 열심히 때리고 맞기를 반복했다.

제8화

마법군주

제국력 863년 6월 10일.

리안이 오랜 기간 심혈을 기울여 준비한 마법 대회가 마침내 세이프리드 아카데미 대강당에서 개최되었다.

이번 행사를 위해 새롭게 증축한 대강당은 무려 수용 인원이 만 명을 넘었는데, 개막이 한 시간이나 남은 현재 빈자리가 전혀 보이지 않았다.

맨바닥에 앉은 자들도 수두룩했다. 어떻게든 안으로 들어가기 위해 애를 쓰는 이들과 바깥으로 밀려나지 않게 안간힘으로 버티는 자들 등 강당의 입구는 그야말로 전쟁터를 방불케 했다.

"긴장되십니까?"

대강당 한쪽에 마련된 귀빈실. 그곳은 마치 다른 세계처럼 밖과 달리 매우 고요했다.

"약간?"

연설문에 집중하고 있던 리안이 차이의 물음에 어색하게 웃으며 돌아봤다. 남들 앞에 서는 것이 이제는 일상이 되어버렸다지만, 완전히 떨림이 사라지지는 않는다.

"이건 잠시 내려놓고 쉬시는 것이 좋겠습니다."

차이가 다가오더니 리안에게서 연설문을 가져갔다.

"안 돼, 차이. 시간이 별로 안 남았어. 돌려줘."

"이미 전부 외우고 계시지 않습니까. 다시 드릴 것이니 걱정하지 마시고 여기 좀 앉으십시오."

내내 선 채로 연설문만 뚫어지게 보고 있는 리안이 아까부터 신경이 쓰였다. 차이가 구석에 놓여있던 의자를 들고 와 리안 앞에 내려놓았다.

"시간 없다니까……."

그러나 결국 리안은 차이의 단호함을 이기지 못하고 시키는 대로 움직여야만 했다.

"기억나십니까?"

"무슨 기억?"

자리에 앉으며 리안이 차이를 올려다보았다.

"5년 전 이곳 말입니다."

'5년 전?'

기억을 더듬기도 잠시, 이내 리안의 입가에 작은 미소가 걸렸다. 5년 전이라면 개인적으로 많은 변화가 생긴 해이기도 하지만, 누군가를 특별히 만난 해이기도 했다.

"차이는 기억해?"

"제가 먼저 여쭤봤습니다."

모른 척 리안이 묻자 차이의 말투가 달라졌다. 아주 미세한 변화였지만 그가 서운해하고 있음을 읽을 수 있었다.

"내가 마법사란 사실이 처음 알려진 곳이 아마 여기였지?"

리안은 부러 생각에 잠기는 척 먼 곳을 응시했다.

"아카데미 입학식 날 맥카시 전 공작의 사주로 강당이 무너지는 대참사가 있었잖아. 사상자가 많지 않아서 그나마 다행이었지. 주범이었던 키넌은 알고 보니 럼블리 백작님의 오랜 지기였고."

리안조차 모르고 발산했던 피어 때문에 한동안 백치처럼 지내야 했던 흑마법사 키넌. 그는 현재 거의 회복해서 정상적인 생활이 가능했다.

본인의 죄를 씻기 위해 매일같이 봉사 활동에 임하고 있는 그는 지금도 리안과 함께 있으면 긴장 상태를 벗어나지 못했는데, 차이가 말하길 은연중 리안에게서 흘러나

오는 드래곤의 기운 탓이라고 하였다.

"아, 옛날 생각난다. 아카데미가 벌써 5년이나 되었다니 감개무량한걸."

"그뿐이십니까?"

"응?"

"기억나시는 게 말입니다."

"뭐가 또 있어야 하나?"

슬쩍 눈치를 살피니 차이의 얼굴이 왠지 심상치가 않다. 가벼운 장난이었을 뿐인데 몇 마디 더 했다가는 진짜화라도 낼 것 같았다.

더 늦기 전에 리안은 얼른 수습에 나섰다.

"차이"

"네."

"고마워."

"……?"

"내게 와줘서 말이야."

"기억…… 하고 계셨습니까?"

"당연한 소리. 잊었을 리가 없잖아."

가장 먼저 떠오른 기억이 차이와의 만남이었다. 그걸 어떻게 잊을 수 있겠는가.

일면식도 없던 그가 느닷없이 찾아와 호위기사가 되겠다고 했을 때 리안은 정말 황당했었다.

차이를 받아들이고 나서는 그것이 그의 성격과는 전혀 어울리지 않은 행동이었음을 알고 더 놀라기도 하였다.

만일 그때 차이를 끝까지 밀어내었더라면 어떻게 되었을까?

그는 내 곁에 있었을까?

'아니.'

리안이 아는 차이라면 포기한 순간 다시는 뒤돌아보지 않았을 것이다. 그랬다면 그는 여전히 베일에 싸인 비밀의 후작일 테고, 리안은 지금과 행보는 비슷하겠지만 정서적 안정감은 덜했으리라.

차이라는 든든한 지원군이 생기면서 리안은 심리적 안정감을 얻었다.

라키아와 아사에게선 느낄 수 없는 둘만의 어떤 공감대라고 해야 할까?

드래곤이란 공통된 분모 때문인지 그들은 특별히 통하는 점이 있었다. 다른 이들에겐 말하기 어려운 것도 차이에겐 종종 털어놓기도 했다.

아마 그가 아니었다면 지금의 자리에 오르기까지 더 긴 시간이 필요했을지도 모른다.

차이는 한사코 인정하지 않지만, 그로 인해 리안은 감히 돈으로는 환산할 수 없는 귀한 것들을 많이 받았다.

"나중엔 그런 후회도 들더라. 내가 마법사란 사실을 조금 더 일찍 드러냈더라면 그만큼 차이도 빨리 알았을 텐데, 라고 말이야."

리안은 그게 가끔 억울했다.

"그건 저 역시도 그렇습니다. 리안 님에게서 나는 향기를 맡을 때마다 홀로 지내온 세월이 아쉬워집니다. 과거로 돌아갈 수만 있다면 25년 전으로 돌아가 어린 시절의 리안 님과 함께하고 싶습니다."

"그때의 난 계승자가 아닌데도?"

"압니다. 제가 알아보지 못할지도 모른다는 거. 하지만 만약이라는 게 있으니까요."

누구는 터무니없는 소리라고 치부하겠지만 차이는 간혹 그런 생각을 하고는 했다. 혹시라도 그 옛날, 리안의 영지를 지나며 그를 만났더라면 자신이 그냥 지나치지 않았을지도 모른다는 상상.

지금에 와서야 아무 의미 없는 상상이지만, 생각이라는 건 때론 마음대로 제어할 수가 없었다.

"그럴까?"

리안은 희미하게 웃었다. 차이는 영영 모를 것이다. 그때의 리안은 지금의 내가 아니란 것을.

'미안해, 차이.'

언젠가 고백할까 고민을 한 적도 있었다. 하지만 그것만은 차이에게도 말할 수가 없었다.

생명을 달라면 줄 수도 있는 가족과 친구가 생겼지만, 그가 진짜가 아니라고는 차마 밝힐 수가 없었다.

지금처럼 과거를 되새기지 않으면, 진짜 리안이 아니라는 것도 잊고 살만큼 새로운 삶에 적응하고 살아가는 중이면서도 진실 앞에서는 한없이 작아졌다.

그것은 아마도 죽는 날까지 변하지 않으리라.

6월 10일.

오늘은 리안에게 의미가 깊은 날이었다.

마법 대회의 부활도 부활이지만, 그보다는 정확히 10년 전 오늘 리안은 과거로 돌아와 주인의 몸을 얻고 귀족이 되었다.

그토록 원하고 바랐던 신분 상승의 꿈을 전혀 상상하지 못했던 방법으로 이룬 것이다.

어째서 그러한 일이 벌어진 것인지는 그도 알 수 없었다.

짓궂은 신의 장난인지, 아니면 누군가의 안배인지 가설은 많으나 확실한 것은 아무것도 없었다. 그저 어딘가에는 분명 그 해답이 있을 거란 막연한 확신만이 있을 뿐이었다.

일전에 세이프리드를 꿈에서 만난 이후로 여러 생각이 들었다.

그를 그리워하는 갈망이 결국 다시 그를 만날 수도 있

다는 희망을 불러내었고, 그 희망이 그간 불가능하다고만
여기던 것들이 가능할지도 모른다는 생각마저 들게 한 것
이다.

'세이프리드…….'

자연스레 그가 떠오른다.

마법이 널리 퍼지기를 바란 것은 세이프리드가 무엇보
다 바란 것이었다. 리안은 계승자로서 그의 유지를 잇기
위해 최선을 다했고, 이제 어느 정도 성과를 내었다.

뿌듯하기도 하지만, 그의 빈자리 탓인지 헛헛하기도 하
다.

"혹시 세이프리드 님을 생각하고 계십니까?"

"어?"

리안은 퍼뜩 정신을 차렸다. 상념에 빠지느라 그만 차
이와 함께라는 걸 잊고 있었다.

"아, 미안. 나도 모르게……."

"아닙니다. 리안 님에게 세이프리드 님은 아버지 같
은 분이지 않습니까. 오늘 같은 날 떠오르는 게 당연하지
요."

더는 서운한 기색을 찾아볼 수 없었다. 와줘서 고맙다
는 리안의 말에 감동한 듯 그의 검은 눈동자가 언제보다
부드럽게 빛났다.

"요즘도 꿈에서 보십니까?"

"······아니."

리안의 얼굴에 씁쓸함이 감돌았다. 꿈에서 세이프리드를 만난 건 딱 한 번이었다. 현실보다 더 현실처럼 느껴졌던 그 꿈 이후로 이상하게도 다신 그를 볼 수 없었다.

"내니 녀석도 그렇습니다."

"차이?"

죽은 내니를 차이가 먼저 입에 올린 것은 정말 오랜만이었다. 리안이 깜짝 놀라 쳐다보자 차이가 평온한 어조로 말했다.

"꿈에라도 좀 나타나 주면 좋겠는데 코빼기도 안 비쳐서 말입니다. 벌써 조인족으로 환생이라도 한 것인지."

"그게 무슨 말이야? 환생하면 꿈에 나오지 못해?"

"북쪽 대륙에서 전해지는 이야기입니다. 누군가 꿈에 계속 나타난다는 건 새로 태어나지 못해 방황하는 거라고요. 반대로 꿈에 보이지 않는 것은 새로운 생을 시작하였으니 이제 그만 놓아주고 행복을 빌어주라고 말입니다."

리안의 눈이 커졌다. 그 말대로라면 세이프리드도 어딘가에서 새롭게 살아가고 있을지 모른다는 뜻이지 않은가.

게다가 그것은 즉 다시 만날 수도 있다는 얘기였다.

두근!

가슴이 뛰었다. 근거가 없는 말이라는 걸 뻔히 알면서도 기대가 되는 건 어쩔 수 없다.

"내가 차이를 알아볼 수 있을까?"

"……?"

"차이가 다시 태어난다면 말이야."

"환생은 특별한 이에게만 주어지는 신의 선물이라고 합니다. 제게 그런 기회가 있겠습니까?"

"그럼, 충분히. 차이뿐 아니라 라키도 아사도 내게는 전부 특별한 사람들이야."

시간이 지나면 결국 리안은 혼자가 될 것이다. 그것이 언제일지 알 수 없을 뿐 기정사실인 것만은 변함없었다.

"내가 꼭 알아볼 수 있었으면 좋겠어. 차이도 날 알아봐 준다면 더 좋고. 다시 친구가 된다면 더없이 행복할 거야."

그렇게만 된다면 홀로 남은 긴 인생이 그리 힘들지만은 않으리라. 목표가 있으니 외로움도 덜 느낄 것이고, 시간은 더 잘 흘러갈 테니까.

"걱정 마십시오. 리안 님이라면 분명히 알아볼 겁니다."

"정말 그럴 수 있을까?"

자신 없어 하는 리안에게 차이가 다가와 무릎을 굽히고 눈을 맞췄다.

"어디에 계시든 제가 찾겠습니다. 설사 리안 님이 절 몰라보신다 해도 말입니다."

"차이……."

"저를 믿으십시오."

리안은 자신 없지만, 차이라면 믿을 수 있었다. 그라면 리안과의 약속을 어떡해서든 지킬 것이다. 그것이 차이였다.

"세이프리드 님의 기억이 리안 님을 이끈다는 말씀, 생각나십니까?"

"꿈에 관해 얘기했을 때 차이가 해준 말이잖아."

"홀로 남아 불안하실 때마다 그 기억을 떠올려 주십시오. 제 기억 역시 리안 님을 제게로 이끌지 모르니까요."

"그런 부탁이라면 하지 마. 아무리 시간이 지나도 차이를 잊을 리는 없으니까."

리안의 선언과도 같은 대답에 차이가 빙긋 웃었다. 그 그림 같은 미소에 덩달아 리안의 입가에도 호선이 그려졌다.

똑똑.

대회의 시작을 알려온 것은 그때였다.

시계를 보니 어느덧 개막식 5분 전이다. 나가야 할 시간이었다.

"받으십시오."

차이가 연설문을 돌려주었다. 대화 덕분인지 처음보다 긴장감이 많이 사그라졌다. 차이가 먼저 문을 열고 나갔고, 그 뒤를 리안이 따라나섰다.

"와아아아아!"

황금빛 광채를 뿜어내는 리안이 모습을 드러낸 순간 강당이 무너질 듯 함성에 휩싸였다. 귀빈석을 채우고 있던 각국의 인사와 마법사들이 열띤 박수를 치며 리안을 환영했다.

이번 개막식에는 아신을 비롯한 묘인족들이 다수 참석했다. 형에게 찰싹 들러붙어 있던 아사가 리안을 발견하고는 두 손을 흔들며 마구 소리쳤다. 시끄럽다며 조용히 하라는 라키아의 말소리도 들렸고, 그 옆으로 비앙카와 엘 그리고 센도 보였다.

단상에 오른 리안이 이 층을 향해 허리를 숙였다. 라테스와 레지나가 그런 리안을 자랑스러운 듯 내려다보았다.

위이잉!

리안이 손가락을 퉁기자 음악과 함께 머리 위로 커다란 화면이 떠올랐다. 어리둥절함도 잠시, 그곳으로부터 금빛 날개를 펼친 드래곤이 등장하자 함성 대신 감탄이 터졌다.

좌아아아아!

드넓은 하늘에 거대한 몸체를 과시하며 세이프리드가 날았다. 무시무시한 속도로 제국을 휩쓸며 창공을 질주하던 그가 칼리스타 본성에 도달했을 때 아가리를 벌리며 포효했다.

날카로운 이빨 사이로 황금빛 브레스가 뿌려지고 허공에 글자를 새겼다.

제1회 골드위저드 마법 대회!

퍼버벙! 펑! 펑!

폭죽이 터졌다. 그와 동시에 대강당 천장에서 오색찬란한 꽃잎들이 우수수 쏟아져 내렸다.

모두가 넋을 놓고 위를 바라보는 그 순간 음악이 낮게 깔리며 리안의 연설이 시작되었다.

대륙의 마법 역사에 두고두고 회자될 성대한 마법 대회의 부활!

화려한 그 서막이 이제 막 펼쳐졌다.

*   *   *

"플로이드 선생님, 질문 있습니다!"

초롱초롱한 눈망울을 빛내며 한 소년이 손을 들었다.

"그래, 조나힐. 오늘은 뭐가 궁금하지?"

녀석으로 인해 수업의 맥이 또 끊기고 말았지만, 플로이드 선생은 미소를 잃지 않았다. 그가 안경을 벗으며 제자에게 물었다.

"여기 이 부분이 잘못된 것 같아서 말입니다."

조나힐이 책의 한 부분을 가리키더니 빠르게 읽어내려 갔다.

"칼리스타 공작에겐 많은 친구가 있었던 것으로 알려 져 있다. 특히나 그는 유사인종으로 분류되는 수인족과도 허물없이 지내고는 했는데, 대표적 인물로 묘인국의 꽃미 남이라 불리는 아사 왕자와 청아한 목소리가 일품인 조인 국 독수리 일족의 수장, 켄 모로가 있다."

"거긴 오늘 배울 범위가 아닌데, 벌써 공부한 거니?"

"그냥 훑어보다가요."

"그래, 잘못되었다는 건 어느 부분이지?"

칼리스타 공작이 여러 종족과 교류했다는 건 유명한 사 실이었다. 플로이드 선생은 어디가 잘못되었다는 것인지 알 수가 없었다.

"선생님도 아시죠? 저의 선조께서 칼리스타 공작님과 친구이셨던 거."

조나힐이 갑자기 어깨를 으쓱이며 주위를 의식했다. 선 조 얘기를 시작할 때 나오는 녀석의 버릇 중 하나로 플로 이드 선생이나 학생들이나 이제는 이골이 나 있었다.

"암, 알다마다. 칼리스타 공작님과 라키아 경께선 둘도 없는 사이셨지. 라키아 경의 말이라면 공작님께서 껌뻑하셨다더구나."

"잘 알고 계시네요. 맞아요. 많은 친구분이 계셨지만, 칼리스타 공작님께서 가장 믿고 따른 건 저의 선조이신 라키아 디 로드리게즈 백작이십니다."

"아닌데. 묘인국의 아사 왕자를 친동생처럼 아끼고 보살펴주었다고 난 알고 있는데?"

플로이드 선생의 호응에 조나힐이 만족스러운 표정을 지을 때, 창가 쪽에서 누군가 끼어들었다. 자연 학생들의 시선이 모두 그곳으로 쏠렸다.

"라헬!"

음성의 주인공을 확인한 순간 조나힐의 잘생긴 얼굴이 구겨졌다. 녀석의 남청색 눈동자에서 불꽃이 일며 잔소리가 쏟아졌다.

"너, 또 그게 무슨 꼴이야? 수업 중엔 반드시 인간의 모습을 해야 한다는 거 잊었어?"

"하암, 우리 아카데미에 그런 규칙이 있었나?"

"모른 척하지 마! 내가 전에도 몇 번이나 말했는데!"

고개를 틀며 시선을 피하는 것이 조나힐의 말처럼 영 처음 듣는 얘기는 아닌 듯했다.

"그리고 일광욕이 하고 싶으면 너희 집에나 가서 해! 넌 예의도 모르냐? 여기는 네가 살던 묘인국이 아니라고!"

"알아. 그건 나도. 2년째 유학 중이거든."

인간의 마법에 흥미를 느껴 잠시 고향을 떠나 제국에서 유학 중인 라헬의 신분은 이름에서 알 수 있듯이 토우였다.

인간으로 따지면 대귀족에 해당하는 계급이기에 아카데미 내에서도 녀석에게 큰소리칠 수 있는 건 조나힐 정도였다.

"그게 유학생의 태도냐? 선생님이 서 계시는데 학생이란 놈이 엎어져 일광욕이나 하고 있고. 플로이드 선생님이 얼마나 언짢으시겠어?"

"글쎄, 조나힐. 난 뭐 괜찮은데……."

큰 소리로 떠들지만 않는다면 어떤 자세로 수업을 듣든지 딱히 신경 쓰지 않는 것이 그의 교육관이었다.

수인족이라면 수업에 임할 시 반드시 인간의 모습을 해야 한다는 교칙이 있긴 하지만, 그 또한 그는 상관없었다.

"선생님께서 평소 자유로운 수업 태도를 지향하신다는 건 알고 있습니다. 하지만 라헬의 저런 무례함은 수업을 함께 듣는 저희 학생들에게 심히 방해가 됩니다. 집중력이 떨어진다고 할까요?"

"그러니? 그건 미처 몰랐구나."

"언제나 저희를 지지하고 아껴주시는 플로이드 선생님

껜 늘 감사하고 있습니다. 하지만 앞으로는 조금 엄격하게 대해주십시오. 그편이 선생님께서도 편하실 겁니다."

"그래, 노력해보마."

플로이드 선생이 수긍하자 조나힐이 의기양양 소리쳤다.

"라헬, 들었지?"

"쳇!"

녀석의 한판승이었다. 억울한 눈치였지만 라헬은 결국 몸을 일으킬 수밖에 없었다.

아쉬워하는 여학생들의 소리가 들렸다. 라헬의 고양이 모습은 인간형과는 또 다른 귀여운 매력이 있어서 많은 소녀 팬을 확보하고 있었다.

녀석이 앞다리를 뻗으며 기지개를 켜자 푸른색 털이 햇빛에 반사되어 마치 호수처럼 빛났다.

탁.

사뿐히 바닥으로 내려선 라헬이 다시금 자신의 책상 위로 폴짝 뛰어올랐다. 그리곤 가지런히 꼬리를 모은 채 앞을 바라봤다.

"이제 됐지?"

알몸으로 수업을 들을 순 없으니 라헬이 할 수 있는 것은 거기까지였다. 그럼에도 마음에 들지 않는다는 듯 조나힐이 입술을 삐죽이며 자세를 고쳤다.

"자, 그럼 다시 본론으로 돌아가 볼까? 어디까지 얘기 했었지?"

플로이드 선생이 묻자 조나힐이 기다렸다는 듯 대답했 다.

"칼리스타 공작님의 가장 가까운 친우였던 저의 선조 님에 대해 말하던 중이었습니다."

"아니라니까? 아사 님과 훨씬 더 친하게 지냈다고 내 가 들었다고!"

또다시 원점이다. 방금 전의 굴욕(?)을 만회하기 위해 서인지 라헬이 허리를 꼿꼿이 세우며 반박했다.

기가 차다는 듯 조나힐이 숨을 내쉬었다.

"하 참, 대체 누가 그런 거짓말을 한 거야? 상식적으로 생각을 해봐라. 칼리스타 공작님이 우리 선조님을 만난 건 아사 왕자보다 3년이나 더 빨랐다고. 누명을 쓰고 도 망자가 되셨을 땐 위험을 무릅쓰고 숨겨주기까지 했던 분 이야. 비교가 되냐?"

"그렇게 따지면 칼리스타 공작님과 더 긴 시간을 보낸 건 아사 님이거든? 묘인족의 수명이 인간보다 길다는 거 모르냐?"

"보통 인간이 아니셨잖아. 그랜드 마스터로서 어차피 비슷비슷하게 살다 가셨거든?"

"훗, 아마 15년 일찍 돌아가셨지? 15에서 3을 빼면 몇

이더라?"

라헬의 빈정거림에 조나힐의 안면이 붉으락푸르락 변할 때였다. 뒤쪽에 앉아있던 검은 머리칼의 소녀가 번쩍 손을 올렸다.

"레이나?"

플로이드 선생이 호명하자 소녀가 새침한 얼굴로 대꾸했다.

"모두 193페이지를 봐주시겠어요?"

의아했지만 설전 중이던 조나힐과 라헬까지 책을 펼치고 안을 들여다보았다.

칼리스타 공작의 최측근 인물 중 유일하게 여성이었던 에나벨 썸머 리즈완 백작 부인(이하 백작 부인)에 대해 잠시 설명하자면, 그녀는 루센 정보 길드의 마스터로서 방대한 정보를 기반 삼아 칼리스타 공작이(당시엔 백작) 도약할 수 있도록 많은 힘을 실어주었다.

공작이 훗날 마법에 열중하고자 사업에서 물러날 때 모든 걸 그녀에게 위임한 것은 백작 부인을 얼마나 신뢰하고 의지했는지 잘 알 수 있는 대목이다.

당시 그러한 공작의 결정에 둘 사이를 의심하는 말들이 잠시 나돌았으나, 리즈완 백작과의 결혼으로 모든 소문을 일축시켰다.

당대 어떤 여성보다도 화려하고 활발한 삶을 살아간 그녀는 슬하에 4남 1녀를 두고 113살의 나이로 생을 마감하였다.

"여기서 보면 칼리스타 공작님과 에나벨 여사 간에 깊은 친분이 있었음을 알 수 있습니다. 라키아 경과 아사 왕자와 견주어도 손색이 없을 만큼요."

"뭐야, 레이나. 너까지 끼어들겠다는 거냐? 한번 해보자고?"

조나힐이 어이없다는 듯 쳐다보자 레이나가 턱을 치켜들었다.

"난 너희처럼 혈연관계는 아니지만, 같은 여자로서 멋있어서 말이야. 어쨌든 아무도 모르는 거잖아? 칼리스타 공작님이 누구를 정말로 아꼈는지는. 난 유일한 여성이었던 에나벨 여사에게 한 표 던질래!"

"비앙카 부인은 왜 빼는데? 그분은 무려 칼리스타 공작님을 스승님으로 불렀다고!"

"그건 그냥 농담 삼아 그런 거잖아. 그리고 라키아 경의 동생이 아니었으면 공작님을 만나볼 수나 있었을까? 난 아니라고 봐."

"맞아. 결혼한 이후로는 가정과 육아에 충실하느라 바깥 생활은 거의 안 하셨다지? 공작님과의 접점이 너무 없네."

라헬이 레이나의 편에 서자 조나힐이 수세에 몰렸다. 가만히 두었다가는 언제 폭발할지 몰랐다(전적이 몇 번 있다).

"모두 주목."

플로이드 선생이 재빨리 칠판을 두드리며 분위기를 환기시켰다.

"지금 아주 쓸데없는 것들로 싸우고 있는 거 알고 있나? 우리가 이 책을 공부하는 건 칼리스타 공작이 누구와 얼마나 친했는지 알려는 게 아니라, 그의 업적과 행보를 논하려는 것이다. 요지를 잊지 말도록."

"선생님께서 말씀해 주십시오. 이런 거 잘 아시잖아요. 칼리스타 공작님은 누구와 가장 친하셨나요? 라키아 경이 맞죠?"

선조의 명예가 걸린 일이었다. 조나힐이 비에 젖은 강아지 같은 불쌍한 눈빛으로 플로이드 선생을 올려다보았다.

"그게 그렇게 궁금하니?"

"네."

"옛날이야기 해주세요!"

조용하던 학생들도 이때다 싶었는지 이구동성 외쳤다. 결국, 플로이드 선생은 항복하고 잠시 진도 나가기를 포기했다.

"알았다. 몇 가지 오해도 있는 것 같으니 그러기로 하지."

그의 승낙에 아이들이 환호했다. 일주일에 세 번이나

수강해야 하는 지루한 역사 수업을 그나마 버틸 수 있게
해주는 건 지금 같은 시간 때문이었다.

마치 그 시대에 그들과 함께 살았던 것처럼 이야기를
들려주는 플로이드 선생의 화술은 아카데미에서 그가 최
고의 인기 선생으로 등극하는 데 크게 한몫했을 정도로
모든 학생이 좋아했다.

"먼저 어쩌다 보니 라키아 경과 아사 왕자 중 누가 공
작과 더 친했나 하는 대결 구도가 되었는데, 정답은 그들
셋 모두가 둘도 없는 친구 사이였다는 거다."

"셋이라면, 라키아 경과 아사 왕자 둘 사이도 말인가
요?"

"그렇다. 성격상 티격태격 자주 싸우기는 했으나 그들
의 우정은 결코 가볍지 않았다. 일례로 라키아 경이 생을
다하고 영원히 눈을 감던 날, 아사 왕자는 사흘 내내 울
음을 그치지 못했지. 그를 진정시키느라 정작 칼리스타
공작은 슬퍼할 새도 없었다고 하니, 어땠을지 짐작이 갈
것이다."

"그럼 에나벨 여사는요? 정말 그분과 공작님과는 아무
관계도 아니었나요?"

레이나를 비롯한 많은 여학생의 눈이 호기심으로 반짝
였다. 수백 년이 지난 현재까지도 미혼인 데다가 여전히
전성기 때의 외모를 갖추고 있는 탓에 공작의 인기는 지

금도 제국 내에서 최고였다.

"둘의 첫 만남은 고용인과 피고용인의 관계로 나뉠 수 있다. 본격적인 황도 진출을 위해 공작이 부인을 채용했고, 돈을 대고 뒤를 봐줬지. 그땐 루센 정보 길드가 거의 망해가는 중이었거든."

"앵거스란 변태 새끼 때문이잖아요."

"그래, 잘 알고 있구나."

롤 모델이라고 하더니 레이나가 척척 대답했다. 다소 과격한 어투를 사용했지만, 플로이드 선생은 굳이 지적하지 않았다.

"여하튼 그렇게 시작했어도 그들 역시 절친한 친구 사이가 되었다. 그녀가 결혼할 땐 공작이 직접 '눈물의 여왕'이란 아티팩트까지 선물했지. 다들 알다시피 눈물의 여왕은 세이프리드가 남긴 것으로 수명 연장 마법이 담겨 있다. 덕분에 평범한 인간이었던 그녀는 백 년이 넘는 세월을 살 수 있었지. 그녀는 공작이 아티팩트를 두 개나 선물한 유일한 사람이기도 하다."

"저는 그게 좀 이해가 안 갑니다."

"어떤 점에서 그렇지?"

"그런 아티팩트라면 당연히 가족인 어머니나 동생에게 주어야 하는 것 아닙니까? 그래야 조금이라도 더 오래 같이 지낼 수 있으니까요."

"다들 그렇게 생각하나?"

아니라는 듯 레이나가 고개를 저었다.

"이 부분에서 칼리스타 공작님의 연심을 살짝 의심했었거든요. 그런데 선생님께서 아니라고 하시니 이유는 하나겠네요. 그녀와 결혼한 리즈완 백작은 소드 마스터입니다. 그들은 보통 사람보다 훨씬 더 오랜 삶을 살지요."

그녀가 특별히 잘 들으라며 조나힐을 가리켰다.

"공작님은 에나벨 여사가 남편인 리즈완 백작과 비슷한 생을 살길 바랐던 것입니다. 반려의 죽음으로 슬퍼할 백작과 그런 백작을 두고 먼저 떠나야 하는 에나벨 여사의 걱정을 덜어준 것이지요. 아닌가요?"

"정확히 맞혔다. 공작은 어머니에게 이미 바이탈 마나 마법이 담긴 봄날의 오후를 드렸다. 그것으로 오웬 여사는 건강을 회복했고, 장수까지 하였지. 여동생인 레지나 황후 또한 인간으로 누릴 수 있는 천수를 다하고 죽었다. 남편인 카터 3세와 동일한 연도에 말이다. 공작이 그녀에게 눈물의 여왕을 주었다면 그것은 과연 선물이었을까? 판단은 각자에게 맡기도록 하겠다."

행복은 지극히 상대적인 것이다. 이렇다 말을 해도 듣는 이가 공감하지 못한다면 이해시키기란 어렵다. 스스로 깨닫기를 바라는 수밖에는 없다.

"플로이드 선생님, 다시 떠올라서 말인데 아까 했던 질문 마저 해도 될까요?"

"아, 그래. 어디가 잘못된 것 같다고 그랬지?"

두 녀석이 다투는 바람에 이야기가 다른 곳으로 샜다. 많이 돌아왔지만 어쨌든 원점으로 복귀했다.

"어떤 게 잘못되었다고 느꼈는지 말해보겠니?"

"별거는 아니고요. 제가 알기로 공작님께서 조인족의 켄 수장과는 별로 안 친했다고 들었거든요? 제가 잘못 알고 있는 건가요?"

"음…… 이건 좀 애매한 부분이긴 하구나. 알고 지내는 사이이긴 했지만 친하지 않았던 건 사실이거든."

"그렇죠? 맞죠? 맞아요! 저희 할머니께서 그렇게 말씀하셨거든요! 할머니의 할머니던가? 암튼 그분이 남기신 일기장에서 읽으셨대요! 완전 대박이죠?"

"대박은 무슨. 그런 게 대박이면 난 맨날 대박이겠다."

별일도 아닌 옛 같고 조나힐이 호들갑을 떨자 라헬이 비아냥거렸다. 녀석의 꼬리가 세차게 움직이는 것으로 보아 기분이 나쁜 게 틀림없었다.

"일기장에 다른 건 없으셨다니?"

또 다른 싸움으로 번지기 전에 플로이드 선생이 얼른 조나힐의 관심을 되돌렸다.

"있지요, 왜 없겠어요. 그 성함이 뭐더라? 가디언 가문의 후손인데……."

"차이 반 크라우저 후작님 말이니?"

"네! 가장 늦게 돌아가신 분. 켄 수장이 원래 그분의 친구라면서요?"

"그랬지."

"그래서 호위기사가 된 걸 엄청 싫어하셨다고. 칼리스타 공작님에게 재수 없는 인간이라고 자주 욕하시고는 했대요. 큭큭, 웃기죠?"

"바보, 넌 그게 웃기니?"

한심하다는 듯 레이나가 조나힐을 향해 한숨을 내쉬었다.

"어디 가서 그런 소리 하고 다닐까 봐 내가 다 겁나네. 넌 정말 뇌가 없는 거니? 공작님을 사모하는 여자들이 얼마나 많은데 그런 욕을 해?"

"내가 한 욕도 아닌데 왜 나한테 그래?"

"어쨌든 기분 나빠! 심하게 불쾌하니까 앞으론 우리 안 듣는 데서 지껄여줄래? 안 그러니, 얘들아?"

레이나가 돌아보자 모든 여학생들이 동감이라는 듯 고개를 끄덕였다. 몇몇은 조나힐을 노려보기까지 했다.

"야, 너희들! 내가 전부터 말하고 싶었는데, 제발 정신 좀 차려라. 칼리스타 공작님과 너희 나이 차이가 몇 살인 줄은 알고 좋아하는 거냐?"

"사랑에 나이가 무슨 상관?"

"맞아! 얼마나 미남이신데. 거기다 아직 미혼이시잖아?"

"아무리 미혼이라도 그렇지! 상상을 해봐라, 상상! 너희 아버지, 할아버지. 아니, 그 할아버지의 할아버지보다도 오래 사신 분이라고! 그런데도 괜찮냐?"

"외모는 아니잖아! 너 그분의 초상화 제대로 본 적은 있어?"

입을 벌린 채 두 손을 모으는 레이나의 두 눈은 마치 꿈을 꾸는 듯 몽롱했다. 사랑에 빠진 소녀란 이런 것이다, 를 제대로 보여주고 있었다.

"과연 아직도 젊음을 유지하고 계실까?"

"무슨 뜻이야?"

분위기를 팍 깨는 조나힐의 발언에 여학생들의 안색이 굳었다. 레이나의 얼굴에도 미소가 걷혔다.

"벌써 종적을 감추신 지 백 년이 넘었어. 그동안 무슨 일이 생겼는지 어떻게 알아? 살아는 계실까?"

"당연하지! 용언 마법을 계승하신 분이야. 그분을 누가 해칠 수 있겠어?"

"드래곤도 본래 주어진 수명에선 벗어날 수 없어. 인간에 비해 긴 것뿐이지, 불멸의 일족은 아니라고."

"그래서? 칼리스타 공작님도 수명이 다했을 거란 말을 하고 싶은 거니?"

"전례가 없는 경우잖아. 공작님조차 알 수 없다고 하셨어. 최악의 경우 홀로 어딘가에서 돌아가셨을 수도 있다고 난 생각해."

"조나힐!"

날 선 목소리가 교실 곳곳에서 터졌다. 조나힐도 인기가 없는 편이 아닌데 그 순간 녀석을 잡아먹을 것 같은 살기가 다수 포착되었다.

"모두 조용!"

플로이드 선생이 다시 나설 차례가 되었다.

"칼리스타 공작의 종적에 관한 건 학계에서도 신경을 곤두세우고 있는 부분이다. 여러 이야기가 나돌고 있지만, 대부분이 뜬소문이고 확실한 것은 하나도 없다. 그러니 너희도 이 부분에 대해선 당분간 토론하지 않는 것이 좋겠다."

"선생님의 생각이 궁금합니다! 선생님께선 칼리스타 공작님이 살아 계시다고 생각합니까?"

"난 긍정적인 사람이다. 제국의 한 국민으로서 그랬으면 좋겠고, 꼭 그리리라 믿는다."

"그가 돌아올까요?"

백 년은 인간에게 무척 긴 시간이지만, 칼리스타 공작에겐 아닐 수도 있었다. 그렇기에 세상은 그가 돌아오길 아직도 기다리고 있었다.

"물론이지. 그는 누구보다 제국을 사랑하는 사람이다. 여러분이 바라는 한 칼리스타 공작은 반드시 돌아올 것이다."

확신에 찬 플로이드 선생의 말에 그제야 학생들의 얼굴에 안도감이 번졌다. 조나힐도 말은 그렇게 했지만 안심하는 기색이 역력했다.

"그런 의미로 우리 다시 책 한 번 볼까?"

야유가 쏟아졌다. 한참 놀고 나니 공부가 더 하기 싫어진 듯 단체로 몸을 꼬며 애원했다.

"곧 시험인 건 알고 있겠지? 자, 읽어 보자."

역시 시험이란 말보다 무서운 건 없었다. 불만 섞인 음성들이 들려오긴 했지만 대부분 하는 수없이 책을 펼쳤다.

갈리스타 공작은 제국의 수호자로서 많은 업적을 세웠다. 뛰어난 경영 전략으로 경제를 활성화한 것은 말할 것도 없거니와 아카데미를 세워 쇠망하던 마법 학문의 부흥을 일으키고, 나아가 마법 대회를 통해 마법사들이 바람직한 경쟁 구도 속에서 학문에 정진할 수 있도록 발판을 마련해 주었다.

그가 개발한 워프 게이트는 마법 전파의 촉매가 되었으며, 종국에는 대륙이 하나로 화합하는 데에 가장 큰 공헌을 세우기도 하였다.

갈리스타 공작이 개최한 세미나의 횟수는 무려 800회가 넘었고, 공개한 마법서의 개수는 오천여 권이나 되었다.

사업에서 물러난 후 더욱 활발하게 마법 연구에 증진하던 칼리스타 공작이 돌연 모습을 감춘 것은 호위기사이자 친우였던 크라우저 후작이 타계하고 4년이 지난 후쯤이었다(마법연맹에서 사실을 숨기는 바람에 알려진 것은 한참이 지난 후였다).

그의 갑작스러운 실종에는 많은 추측이 따르는데, 그중 가장 유력한 설은 '유희'를 떠난 게 아니냐는 것이었다.

유희란 긴 세월을 살아가는 드래곤이 지루한 일상을 벗어나고자 다른 생명체(예를 들어 인간, 엘프, 드워프 등)가 되어 살아보는 것으로 그들에겐 일종의 '놀이'였다.

공작이 9서클에 오른 뒤 가장 심취했던 마법은 자유자재로 모습을 바꿀 수 있는 폴리모프 마법이다. 그가 마음먹고 숨기로 작정했다면 스스로 나타나지 않는 이상 우리가 찾을 방법은 없는 것이다.

현재 대륙 곳곳에선 그의 귀환을 바라는 집회가 잇따라 열리고 있다. 바라건대 만일 그가 돌아온다면 필자가 살아 있는 지금이기를 간절히 염원한다.

땡땡땡!

수업 종료를 알리는 종소리가 교내에 울려 퍼지자 간신히 졸음을 버티고 있던 아이들의 고개가 책상 위로 엎어졌다.

계획한 범위까지 진도를 나가지 못한 것이 아쉬웠지만, 플로이드 선생은 다음 시간을 기대하며 책을 덮었다.

마법군주

두꺼운 서책의 표지를 장식하고 있는 것은 금박을 입힌 '마법군주'란 제목이었다. 힘 있게 쓰인 서체 아래로 해설이 덧붙여 있었다.

무소불위의 절대 권력을 지니고서도 군림하기를 원치 않았던 칼리스타 공작. 그럼에도 언젠가부터 혹자들은 그를 가리켜 마법군주라 부르기 시작했다.

책을 내려다보는 플로이드 선생의 눈가에 잔잔한 웃음이 어렸다. 그가 서책을 소중히 품에 안고는 조용히 걸어 나갔다. 곧 교실 안이 왁자지껄 소란해졌다.

『끝』

작가 후기

안녕하세요, 발렌입니다!

도대체 언제쯤 작가 후기를 쓸 수 있을까 했는데, 드디어 오늘이 왔네요. ^^

무척 기쁜 한편 아쉬운 마음이 듭니다.

마군을 쓰는 동안 참 많이 행복했습니다.

생각지도 못했던 독자분들의 선물과 편지, SNS을 통한 응원의 메시지 등 지치고 힘들 때마다 얼마나 큰 도움이 되었는지 모릅니다.

분에 넘치는 사랑 속에서 시간을 보냈다고 해도 과언이 아니에요. 이 자리를 빌려서 모든 분께 감사하다는 말씀 꼭 드리고 싶습니다.

특히나 우리 렌공카 식구들!

제가 많이 애정하는 거 알고 계시죠?

다이어트만 시작하면 칼로리 폭탄 택배로 절 좌절시키는 사악한 분들이지만, 늘 제 건강을 염려하고 안부를 챙기는 여러분 덕분에 세상을 더 즐겁게 살아가고 있습니다.

제가 보답할 길은 계속 열심히 글을 쓰는 것뿐이겠지요.

새해엔 더 부지런한 작가가 되어보도록 노력하겠습니다.

언제나 행복하시고, 건강하시길 바랄게요.

저는 곧 다시 찾아오겠습니다!

2014년 1월 새로운 목표를 다짐하며
발렌

그들의 본능

말꼬랑지 너 또 나 무시하지!!

리안한테 이를… 거…

!

· · · ·

형도 어쩔 수 없어

형! 어서와!

히히

와줘서 고마워요

!

!?

그 빛 좀 어떻게 해봐

별구경

벌써 어두워졌군…

훈련은 이제 끝난 거야, 라키?

!

리안? 여긴 어쩐

일로

저거 봐, 아사. 저게 센이 말했던 양자리야.

어디 어디

두근 두근

저기.

?

양 다리인가

당신의 앞날은

네?

별자리 운세를 봐달라고요?

음, 그럴까요.

전 한가하지 않지만 여러분께 쓸 시간은 얼마든지 있거든요.

Thank you!

그럼 생일을 말씀해 주시겠어요?

어디 보자…

당신의 앞날은 햇빛 가득

반드시 행복해집니다.

Pizcu